折れない言葉 II

五木寛之

毎日新聞出版

まえがき

私の父親は学校の教師だった。地方の師範学校を出て、小学校に勤めたのち、教育界で半生をすごしたが、結局、不遇な生涯を送ったまま病気で亡くなった。

私が子供の頃、そんな父親が口ぐせのようにつぶやく言葉に、こんな文句があった。

夕食のときにビールを一本飲む。飲み終えると、そのまま食卓の下にごろりと横になってひと眠りするのだ。そのとき何かムニャムニャとつぶやきながら寝こんでしまうのを母はすごく嫌がっていた。

「おふとんを敷きますから、そちらで寝てください」

と、毎回、同じことを言うのだが父親はすぐに寝息をたてて眠りこんでしまうのだ。なにか寝言のようにつぶやくのだが、何を言っているのかわからない。

小学生の私はいつもそのことが気になって仕方がなかった。最初に、「あーあ」と言う。それから後に何かムニャムニャ言う。

あるとき、やっとその呪文のような呟《つぶや》きをたしかめることができた。それは、こんな文句だった。あーあ、の後にこう続くのだ。

「寝るより楽はなかりけり。ぅき世の馬鹿が起きて働く――」

父親の時代は〈出世〉というのが世間の目標だった。地方の師範学校を出ただけのノンキャリでは、どんなに頑張っても先は見えている。それでも父親は夜明けに起きて、せまい三畳の部屋で勉強を続けていた。当時の専検《せんけん》とか文検《ぶんけん》とかいった試験に合格し、教育界での出世の階段を爪で這いのぼるようにしていこうと努力していたのだろう。

〈うき世〉というのが、同時に〈浮き世〉なのか〈憂《う》き世〉なのか私にはわからない。しかし、彼をはげまして夜明けに机に向かわせるのは、必ずしも世間でいう〈名言〉〈格言〉ではなかったようだ。

〈うき世の馬鹿が起きて働く――〉と自嘲する俗な言葉に、父親は励まされていたのかもしれない。

私も、しばしば心が折れそうになることがある。世の中は残酷で、愚かしく、矛盾にみちている。しかし、それを投げだすわけにはいかない。私たちは生きていかなければならないのだ。

ギリシャ、ローマの古典にも、ＣＭのコピーにも、どうでもいい歌謡曲の文句にも、折れそうになる心を支えてくれる言葉はある。同時にくだらない格言、名言も多い。しかし、その言葉を生かすも殺すも、たぶん受け取る私たちの側の姿勢にかかっているのではないだろうか。

ここに集められたフレーズの一つにでも、なにかを感じてくださる読者が存在するとしたら、これにまさる歓びはない。しんどいけど、まあ、生きるしかないですね、と呟きながら、これらの文章を書いた。

二〇二三年冬　著者

目次

折れない言葉 II

第一章　やるしかないか

彼を知り己を知れば百戦殆《あやう》からず

孫子

今こそ学ぶべき時かも

俗に「敵を知り、己《おのれ》を知れば」と称される格言だが、よく考えてみればなかなか奥深いところのある言葉である。

まず対立する相手を知る。これが第一歩だ。敵を知らずして戦うことはできない。

しかし、わが国は伝統的に敵の文化、情報、人間性、民族の歴史などを知ろうとつとめることをしなかった。

私は敗戦の前に中学生になったが、英語のアルファベットを教わることがなかった。英米と戦うためには英語を学ぶ必要があるはずだが、敵性語としてそれを排除したからである。

ロシア軍がウクライナへ侵攻して以来、ロシア語を学ぶ学生が激減したという。ロシアと名がつけば、ロシア音楽もシャリアピンステーキも敵国、みたいな風潮が一挙に拡散したのである。

その点、米国などは、はるかに大人だった。日米開戦を前にして日本語を学ぶ若者が一挙に増え、日本文化を研究する分野は未曽有《みぞう》の活況を呈したのだ。軍と学界が全力を挙げて日本を学習したのは、孫子の教えを学ぶまでもなく長い戦いの歴史から身につけた知恵だろう。

また己を知るということも容易ではない。ひるがえって、彼を知ることなしに己を知ることは不可能だろう。己を知るためには、まず彼を知ることだと、古人は教えているのである。

チリも積もれば山となる

ことわざ

死語となってしまった言葉

いろんなことをやっていて、ふと、こんなことがはたして役に立つのだろうか、と、ため息がでてくるときがある。

無力感におそわれて、もう、やめようか、などと投げだしたくなることもある。

しかし、そんなとき、ふと「チリも積もれば――」という言葉が、どこかできこえてくる。そうだ、どんな小さな努力でも、続けることが大事なのだ、と自分に言いきかせて立ち直る。

　山となる可能性はなくても、やるしかないか、と自分を励ますしかないのだ。

　昔は貯金箱というものが部屋にあった。私の部屋にも赤い貯金箱が置いてあったが、一杯になったためしがなかった。

　デジタルの時代というのは、なんとなく一挙に物ごとが実現するような感じがする。チリは積みあげてもチリの山だ、という醒《さ》めた感覚がそこにはある。

　しかし、反時代的に生きる、というのも一つの選択かもしれないではないか。一攫千《いっかくせん》金《きん》、という発想がキラキラ光って見える時代もあった。しかし今は子供でもそんな甘いことは考えていないだろう。むしろ子供たちのほうが醒めている。

　将来の夢は会社員、というのが最近の子供の目標らしい。

　山とはいかなくとも、丘ぐらいは目指せるのではないか、と考えているのだろうか。野心、という言葉も、どうやら死語となったようである。

溺れる者は藁をも摑む

ことわざ

世の中に無駄なことなどない

人は危機におちいったとき、何の役にも立たないとわかっているものにでも、思わずすがりつくものである。私自身も膝と股関節の痛みをかかえて、新聞やテレビの広告で大宣伝しているクスリを、とっかえひっかえしてためしてきた。

「どうせそんなにうまくいくはずがない」

と、頭ではわかっていても、つい手が出てしまうのだ。人間とは、そういうものなのだろう。

この格言は、無駄な期待にすがろうとする愚かな人間を嘲笑しているわけではない。

〈わかっちゃいるけどやめられない〉

そんな人間の性《さが》に、それもまあ仕方がないよね、と、ゆるやかな声援を送っているのだと思いたい。

〈飛んで火に入る夏の虫〉も、そうだ。人は必ずしも冷静な判断で行動するものではない。無駄な努力でも、しないよりましだ。藁《わら》であっても必死でそれを摑《つか》もうとする、そんな本能を失ったときに人は終わりを迎える。

藁をも摑む意志と努力は、生への執着である。執着とはエネルギーのことだ。ジタバタするのが人間であり、生の持続的な力ではないだろうか。

〈溺れる者は藁をも摑む〉ではなく、〈溺れる者は藁をも摑め〉と言いたい。

無駄な努力、などというものはない。努力は、それ自体が力である。世の中に無駄はないのだ、と信じる。

飛んで火に入る夏の虫

ことわざ

刹那《せつな》の生に憧れながら

危ないものに惹かれる心、というものがある。
危険と知りつつ近づいていく本能もある。
とかく人間はレッドゾーンを越えたい気持ちをおさえきれないものである。
ネットでいう炎上という現象も、ついうっかりの発言ではあるまい。それを言っちゃおしめえだぜ、という自制の心を抱きつつ、それでも言わずにいられない衝動につき動かされて一線を越えるのが人間というものだ。

ここで「虫」と言っているのは、自分ということだろう。炎上する予感にみちびかれて、人は危険な水域に足を踏み込むのである。

人には無意識の破滅願望があるのかもしれない。はたから見ていて、そうとしか思えないような行動をとる人がいる。それを羨望と期待をもって見守るのが私たちだ。

すすんで火に身を投じるのは、秋の虫ではない。今を盛りと生を謳歌する夏の虫である。エネルギーがあるからこそ、火中に身を投じるので、人間も五十歳を超えると用心深くなるのが世の常だ。あの燃えさかる焰《ほのお》の中に飛び込んだら、どれほどの快楽があるのだろうか。それを想像すると、おのずと身震いする。しかも火中に身を投じるエネルギーをもつものだけが、世界を変える存在だ。遠くから眺めているだけでは、生を受けた甲斐がない。

などと考えながら私たちは生きている。平凡に、そして安全に。

危ない橋も一度は渡れ

ことわざ

二度、三度はやめておく

〈危ない橋も一度は渡れ〉ということわざを、私はずっと長いあいだ誤解していた。「危ない橋」、すなわち先例のない行為は、できるだけ慎むように、という戒《いまし》めだと思いこんでいたのである。冒険はするな。先例のないことは手を出してはいけない。要するに慎重に、安全に生きよ、という教えだと考えていたのだった。一度はいいが、二度、三度と渡ってはいけない、と。

　つまり、「危ない橋」はできるだけ渡るな、と理解していたのである。しかし、最近、ものの本を読んでいて、「一度は渡れ」という言葉で締めくくられているのを知って、愕《がく》然《ぜん》としたのだ。〈危ない橋も一度は渡れ〉が、チャレンジのすすめだったとは。

「危ない橋を渡るんじゃない」というのが、普通の使われ方である。物事は慎重な上にも慎重に、とかく先例のない事には手を出すな、というのが世間一般の考え方だろう。

　私は若いときから「危ない橋」を何度となく渡ってきた。致命的な失敗におちいらなかったのは、幸運にすぎない。それでも心の中ではいつも「危ない橋は渡らないようにしよう」と心がけてきたのだ。

　しかし、問題は「一度は渡れ」というくだりである。「一度」なのだ。二度、三度と渡ろうとしてはいけない、と釘をさしているように思えないでもない。一度も、一生に一度の「危ない橋」を渡る機会に出会わなかった人は、幸運なのである。

われに七難八苦を与えたまへ

山中鹿之介

マゾか勇気かわからない

外地から引き揚げてからの数年間、よくこんなにひどい事が続くものだと思うほど厄介な問題が起きた。

少年時代には、あまり苦労はしないほうがいいと私は思っている。

しかし、敗戦後の社会は、そんな甘っちょろいおもわくなど通用しない修羅《しゅら》の巷《ちまた》だったのだ。

そんなとき、少年の私は、呪文のように一つの言葉を心の中でくり返しとなえていた。子供の頃に絵本で読んだ山中鹿之介《やまなかしかのすけ》の誓いの言葉である。

〈われに七難八苦《しちなんはっく》を与えたまへ〉

と、いうのがその言葉だ。

正確な文句はもう忘れてしまったが、こんなふうな歌もあった。

〈憂きことのなほこの上に積もれかし限りある身の力ためさん〉

そんな感じの表現だったと思う。

〈限りある身の力ためさん〉とは、また偉そうな文句である。

しかし、次から次へと呆れるほど厄介な問題が押しよせてくるような時には、そんな強がりでも言って立ち向かうしかないのである。

マゾではないが、早く苦しみから逃れたいと思っているようでは、生きていけない。逆に〈限りある身の力ためさん〉とでも言って、退路を断つしかないのである。

それで、なんとかこうして今日まで生きてこられたのだ。

漠然とした不安は立ち止まらないことで払拭《ふっしょく》される

羽生善治

まず動くこと、そこから始まる

漠然《ばくぜん》とした不安に悩まされたのは芥川龍之介だけではない。私たちも常に漠然たる不安につきまとわれている。はっきりした理由のある不安は、立ち向かう覚悟さえできれば対処できるだろう。だが、捕らえどころのないモヤモヤした不安感は、実に厄介なものである。

私たちは正体のわからない漠たる不安を抱えて、ついその場に立ちすくんでしまいがちだ。うなだれて溜め息をついても、その不安から逃れるすべはない。視野は狭窄《きょうさく》し、判断力はおとろえる。

その漠然たる不安は、一体どこからくるのか。人間存在の根源的な不安というものは、たしかにある。サルトルが『嘔吐《おうと》』の中で描いた実存的不安である。戦後の一時期、私たちはたしかにそれを体験した。芥川が感じた漠然たる不安は、いわば時代の不安であった。しかし戦後の不安は、内面の不安であったといえるかもしれない。

私たちはそこからどう脱けだしたか。経済大国日本をめざして邁進《まいしん》することで、困難を突破することができたのだ。

永世七冠を達成した羽生《はぶ》名人にして、漠然たる不安に陥ることがあるとすれば、私たちが窮地《きゅうち》に立ちすくむことがないはずがない。

そういうときに、どうするか。羽生さんが示唆するのは、一歩を踏みだすことだ。金縛りに遭って自失するより、まず動くことを推める。立ち止まらない。実戦に裏づけられた現代の至言といえるだろう。

年齢を重ねて、別の視点から物ごとを見るようになった

リオネル・メッシ

〝別な視点〟から見えてきたもの

サッカーの第二十二回W杯をテレビで観た。早寝早起きの習慣が崩れてしまったが、後悔はしていない。サッカーのことをよく知らない私が観ても、世紀の名勝負と感じられた一戦だった。

アルゼンチンに優勝杯をもたらしたものは、やはり老雄メッシの存在だろう。三十五

歳にして〈老〉のつく世界で、彼は見事な仕事ぶりを見せた。他の若い選手たちとくらべると、メッシはひとまわり小柄に見える。子供の頃に成長ホルモンの分泌異常を患《わずら》ったというが、そのことも関係しているのだろうか。

アルゼンチンにはマラドーナという〈神の子〉がいた。彼と比較していろいろ言われるのは、新しいヒーローの宿命である。

十二月二十日（二〇二二）の朝日新聞朝刊のコラムで紹介されていた彼の言葉に深くうなずくところがあったのは私だけではあるまい。

もし彼が七十歳になって、W杯を観戦する機会があったなら、はたしてどのような言葉を呟くだろうか。

年齢を重ねて見えてくるものは、たしかにあるだろう。しかし、また見えなくなってくるものもあるかもしれない。

彼がいま見ているものは、はたしてどんな世界なのか。

あの日の試合は、たしかに記憶に残る歴史的な試合だった。世界を制する大衆スポーツの王者が何かを宣言した大会でもあったのだ。

転石《てんせき》苔を生ぜず

ことわざ

逆の意味に受けとっていた

辞書を引いていて、ふと目についたことわざの一つである。
一瞬、目を疑った。
私はこれまでずっと反対の意味に解釈していたのである。
職業や住所を転々として生きることは、余計な垢《あか》がつかず、自由でいられる。そんなふうに受けとっていたのだ。苔《こけ》という言葉にマイナスイメージを抱いていたらしい。

「あの人も、もうコケが生えちゃって、現場の役には立たねえんだよな」

などと老朽化の象徴のように使われることが多いからだ。

ところが本来の意味はそうではないらしい。

〈職業を転々としている人は、金が身につかない〉という説明が『明鏡国語辞典』にのっているではないか。

コケはマネーのことか？　そんな苔なら、いくらついても文句はない。たしかに考えてみると、苔は珍重される植物である。苔寺《こけでら》などといってそれが名物になる古寺もある。すこぶる風趣に富んだ存在だ。

一応、辞書には、第二義として、〈活発に活動を続けていれば、時代に取り残されることはない〉という用法ものっているので、まんざら間違いではないらしいが、これからは「いやいや、もうすっかりコケの生えた老人ですから」などと謙遜はしないことにしよう、と心に決めた。

人が転ぶのは追い風のときだ。

向かい風で人は転ばない

シェークスピア

追い風で転んでみたいと思う

至言だなあ、と、つくづく思う。

人から聞いた話なので、発言者はさだかではない。たしかシェークスピアの芝居のなかのセリフだという話だった。

人が転ぶのは、追い風に乗って八合目、九合目まで吹き上がったときである。汗水たらしてアプローチしている途中では、めったに転ばない。

調子に乗る、というのは、人間の本性である。トントン拍子にすべてがうまくいっているとき、足もとを見て謙虚にふるまえる人がいたとしたら、その人は誰にも好かれないだろう。できすぎな人間は、他人に愛されないものなのだ。

幸運に恵まれて頂点をきわめる人間に、人びとは拍手する。おのれのありえただろう姿を投影するからである。

しかし、頂上に達したときに転んで転落するヒーローには冷たい。夢から醒めたような気がするからだ。

成功者は努力だけで成功するわけではない。追い風というか、幸運の女神にフォローされてこそ、思いがけない立場に到達することができる。

追い風の中で人は謙虚になれるだろうか。そもそも謙虚などという気持ちを持ち合わせた人間には、追い風は吹かないのではあるまいか。

調子に乗ってスッテンコロリン、そこが人間の愛すべきところなのだ。

私は転んでもいいから、どうせなら追い風に吹かれてみたいと思う。

メスに食われて死ぬことも、けっして無駄なことではないのだ

稲垣栄洋

男はつねに敗者である

昔からカマキリのメスは交尾を終えたあと、オスを食い殺すと言われている。悪女をカマキリにたとえたりするのも、その話からだろう。

『生き物の死にざま』（稲垣栄洋《いながきひでひろ》著／草思社）という本は、残酷な話題に満ちている。たとえばこのカマキリの話だ。

オスのカマキリは、メスのカマキリを見つけると交尾しようとする。ところがこれが大変な仕事なのだ。カマキリの習性として、近づいてくるものはなんでも食べようとする。オスはメスに気づかれないように、背後からそっと近づき、メスの背中に飛び乗る必要がある。これが命がけの仕事なのだ。

メスは、交尾の間も体をひねってオスを捕らえようとする。オスは必死でその手を逃れつつ交尾しなければならない。

壮絶なのは、不運にして交尾中にメスに捕まってしまった場合である。食欲を優先するメスは、なんと交尾中のオスの体をむさぼり食い始めるというのだ。なんということ。

さらに驚くべきは、頭をメスにかじられつつもオスの下半身は休むことなく交尾をし続けるらしい。メスもメスならオスもオスだ。ここまでくると、ただため息をつくしかない。しかし、こうしてオスを食べたメスは、通常の倍の卵を産み、種の維持に貢献するという。『生き物の死にざま』の一冊には、生物の生と死について深く考えさせられるエピソードが呆れるほどにつまっていた。

上善《じょうぜん》水の如《ごと》し

老子

人との絆をどう作るか

私には何人かの友人知己《ちき》がいる。数こそ少ないが、もう五十年以上のつき合いだ。最も長かったS氏は、七十年ちかい友人だったが、先ほど他界した。このところ古い友人が次々と旅立っていくのが淋しい。

油のような濃密なつき合いは、どこかで燃えつきるような気がする。

私は初対面で、この人とは気が合いそうだな、と直感した相手には、できるだけこちらから近づかないようにしてきた。

古い言い方だが、縁があればきっとどこかで再会するのではないか、と考えるのである。

何年に一度か会って話をする。ときどき手紙のやりとりをする。何年も音信不通のことも少なくない。しかし、だからといってつき合いが失われるわけではない。

五年に一度会っても、「やあ、やあ」と昨日会ったかのように話ができるのが理想である。

人は独りで生きているのではない。しかし、仲間と一緒でなければ生きてゆけないようでも困る。「死ぬときは一緒」などというのは、濃密な愛の世界にまかせて、人間関係に頼らずに生きていくことも大事ではあるまいか。

進んで絆《きずな》を作りたがる傾向の人もいる。しかし、見ていると努力して作った絆ほど切れやすいものだ。

油のようにではなく、水のように人と接することも、また難きかな、とため息をつきつつ思う。

手紙にいい手紙、悪い手紙、はないのである

向田邦子

あの世に届く手紙はあるか

これは『少しぐらいの嘘は大目に――向田邦子の言葉』（碓井広義編／新潮文庫）の中に収められている向田邦子の言葉である。

この文章を目にして、身がすくむ思いがした。

〈どんなみっともない悪筆悪文の手紙でも、書かないよりはいい。書かなくてはいけな

い時に書かないのは、目に見えない大きな借金を作っているのと同じなのである〉というのだ。向田邦子という人は、きびしいことを言う人だと思った。

こういう本当のことを正面切って言われると、そのまま本を閉じて酒でも飲むしかないだろう。

私は先天性筆無症（無精ではない）の人間で、親が病気のときも手紙一本書かなかった。親にさえ手紙を書かない人間が、他人に手紙など、どうして書けようか。

字が下手だとか、そんな単純な理由ではない。どう書けばよいのかわからないわけでもない。心の中で暗記するくらいに文面は綴《つづ》っているのである。それにもかかわらず、手紙を出すことができない。

私は向田邦子の文章を読むのが苦手である。ひと言ひと言が心に突き刺さってくるからだ。これから残された日々をどう過ごそうか、と思うことがある。そうだ、原稿を書くより手紙を書くことにしよう。あの人にも書こう、この友にも書こう、などと固く心に決めて住所録を探してみたが、ほとんどが故人となっていた。

あの世に届く手紙はあるのだろうか。

周囲に気がねする人は品がある

田辺聖子

人間の気品とは何か

現代でいちばん地を掃《はら》ったのは、人間の気品である、と田辺聖子さんは言う。田辺さんの考える品性のある人とは、たとえば、いつもよく考え続ける人の、人生観から出る気品というのがその一つ。

また、生まれ育ちからくる品、というのもあるという。

それに一つの道をきわめたことから出る品というのも大事。これは職人さんの手業《てわざ》、学者先生の学業の蓄積、長年の修業のたまものとしての気品。

自然の中で自然を相手に生きている人にも、おのずからなる品があるというのだ。

これが男の目から見ると、少しちがうようだ。

好色な人も品がある、というのは、一つのことをきわめるという意味で品が生まれることもあるらしい。

そして、きわめつきは、周囲に気がねする人だという。

公共の場で、あたりかまわず携帯電話をかけるような人は、みんな品がないというのだ。

大阪の人の考える気品は、東京とはちがうのではないかと考えていたが、結局は同じことのようである。

周囲に気がねする、というのは、できるようでなかなかできないことだ。旅の恥はかき捨て、ではないが、つい周囲を無視する行動に走るのは、ままあることである。

なんでもない指摘のようだが、品がいい、という気配のなかに人間性があらわれる。用心、用心。

客人は三日もいると歓迎されなくなる

中東のことわざ

仏の顔も三度とか

人の好意にどの程度、甘えていいかの判断はむずかしい。

大学生の頃、無二の親友といっていい同級生の故郷の実家に滞在したことがあった。彼の熱心なすすめでぜひ一度、と誘われて出かけていったのだが、引きとめられるままに一週間ほどいたら、彼の母親からやんわりと、そろそろ帰ってほしい、と笑顔で合図されたことがある。何日か前からサインを送っていたらしいのだが、田舎者の私が気づかないので、しびれを切らしたのだろう。

「親しき仲にも経済あり」

などと笑い合ったりすることもあるが、やはり他人の好意には限界というものがあると思ったほうがいい。

昔のアーチスト、つまり俳人、画家、文人、和算家《わさんか》、武芸者などは、よく旅をした。地方の数奇者《すきしゃ》、有力者などを訪ねて滞在し、さまざまな芸を披露して在地の人びとにサービスをする。俳句の手ほどきをしたり、襖《ふすま》に絵を描いたり、おもしろい数学の問題を解いてみせたり、武芸を演じたり、客人《きゃくじん》としてのつとめをはたすのだ。

しかし、はたしてどれくらいの期間滞在するかの見極めがプロのプロたるゆえん。惜しまれて退散するタイミングが巧みだと、次の旅先のスポンサーに丁重な紹介状がもらえるのである。

人の好意には限界がある。仏の顔も三度、というのは、その辺をよく心得よ、というましめだろう。どちらかといえば、男性のほうが人生に甘えがちなのではあるまいか。

あまり親切すぎると友を失う

ショーペンハウアー

金をめぐる人情の機微

これはドイツの哲学者、アルトゥール・ショーペンハウアーの晩年のエッセイ集の中の言葉である。

かつて戦前の一時期、旧制高校生のあいだで、カント、ニィチェなどと共によく読まれた思想家だった。その『処世術箴言《しょせいじゅつしんげん》』の「訓話と金言」に出てくるのが、友人とのつきあい方のノウハウである。他人に対してどのように接すればいいか、ショーペンハウアーは微に入り細をうがって語っている。

その意味では、このエッセイ集は、一種の自己啓発本としても読めるだろう。

人間はみな子供のようなものだ、と彼は言う。甘やかせばつけ上がり、やさし過ぎても甘えの心が生じる。だから他人に対しては、寛大過ぎてはいけない。借金を断って友を失うことはないが、金を貸せばかえって友を失いやすいものである――と。

しかし、私は必ずしもそうは思わないのだ。

学生時代、本当に金に窮《きゅう》して、恥を忍んで借金の申し込みをしたことがあった。その時はさりげなく断られて、それも仕方がないと納得したのだが、その相手とはいまも縁がないわけではないものの、心には自分勝手なしこりが残っている。

また金を借したことがある旧友のことは、いまも懐かしく思い出す。金を貸せば友を失う、とは、昔から言われていることだが、貸すにしても断るにしても、それはその時の状況次第ではあるまいか。いずれにせよ、ショーペンハウアーにも、なにか苦い体験があるのかもしれない。

兵とは詭道なり

孫子

日本人は大丈夫か

アメリカの現代ドラマを見ていると、激烈なビジネスの戦いが舞台になることが多い。それを見るたびに、あんな世界には住みたくないなあ、と嘆息する。まさに食うか食われるかの戦いである。

そんな戦いのさなかに生きる登場人物たちは、まさに仕事を戦いと感じているらしい。

彼らがしばしば引用するのが、中国の古典『孫子』である。訳が正しいかどうかはわからないが、ちょっとした会話の中に出てくるのは『孫子』からの言葉が多い。モルトケやクラウゼヴィッツよりも、どうやら『孫子』のほうが人気があるのだ。『孫子』はもちろん兵書であるから、熾烈《しれつ》なビジネス戦の舞台で参考にされるのは不思議ではない。しかし、その徹底したリアリズムには、ときどきやりきれない思いを抱かせられることがある。

〈兵とは詭道《きどう》なり〉

まさに露悪《ろあく》的とも言っていいストレートな表現だ。要するに戦いは騙《だま》し合いである、という。そこには仁義もなければ、思いやりもない。悪いほうが勝ち、と断言するのだ。

近江《おうみ》商人のモットーは、三方《さんぽう》良し、だといわれる。しかし中国での商売は、世のため、人のため、などと上品なことは言わない。アメリカと北朝鮮の駆け引きを見ていても、騙すか騙されるかの真剣勝負である。

日本人の感性で国際政治の修羅場を、はたして乗り切ることができるだろうか。

高陵には向かう勿れ

孫子

残酷な真実を見つめて

『孫子』は二千年以上も読み継がれた、世界最古の兵法書である。

戦いに勝つためにはどうすればよいかを、ドライな筆致《ひっち》で述べていて、欧米にも愛読者が少なくない。組織の統率法やビジネスの戦略書としても読まれる古典だが、人間心理の底部に触れるところがあって、単なる戦略書ではないところが魅力である。

〈高陵《こうりょう》には向かう勿《なか》れ〉とは、相手が高地に陣取って備えを固めている場合は、安易に攻撃してはいけない、という教えである。

日露戦争で乃木希典《のぎまれすけ》率いる日本軍は、二〇三高地に対して決死の攻撃を繰り返した。まさに高陵の敵に正面から挑んだ希有《けう》な戦闘である。さまざまな事情はあったにしても、『孫子』の教えにはありえない戦法である。

中国の思想は、常にオーソドックスだ。わが国では奇策や捨て身の戦法が人気があり、常識を打ち破った戦果が語り継がれることが多い。しかし、「多勢に無勢」という言葉は真実である。非情な真実と言ってもよい。

〈高陵には向かう勿れ〉と、呟きつつ生きることは、夢も希望もない道のように思われるだろう。一発逆転という道もないではない。しかし、それは『孫子』の兵法のとるところではあるまい。高陵には向かわず、他の方策がないかを必死で考える。

真の勇気とはそういうものではあるまいか。

人間常住の思ひに住して仮にも無常を観ずる事なかれ

吉田兼好

金持ちになるための思想

『徒然草《つれづれぐさ》』は学校でおそわったという記憶があるために、きちんと再読する機会が少ない。兼好《けんこう》法師という人物は、世捨人《よすてびと》などではなく、なかなか世知にたけた食えない人物であったようである。

ここに挙げた言葉は、意外に現実的だ。金持ちになるためには、どういう心構えが大事か、と語っているのだが、じつにリアルである。もし富者の仲間入りを望むなら、こうしなさいと彼は言う。

まず、この世ははかないなどと思ってはダメだ、と断言する。人間常住《じょうじゅう》の思い、すなわち今の世の中の体制が、ずーっとこのまま続く、と覚悟せよ。天変地異や世界恐慌や革命などが起きることは、考えないようにしろ、と断言する。

そして、この世は無常で明日をもしれぬわが身である、などとは思うべきでない。老少不定《ろうしょうふじょう》、などと考えるな、というわけだ。

要するに資本主義の世の中は、当分はずーっと続く。格差社会はなくならない。大地震も原発事故もないと思え。倹約に精を出し、ビジネスにはげめ。要するにそういうことだ。

そんなことはありえない、と一笑に付す人もいるだろう。だが、幻想であっても、そう思うべし、と兼好は言う。このリアリズムは不愉快《ふゆかい》だがつよい。

世界は常に危機に瀕している、と考えている私は、だから浪費癖《ろうひへき》が抜けないのである。

いま思えば
喜びの少ない人生だった

スティーブ・ジョブズ

人生の果実とは何か

アップルの創業者であるスティーブ・ジョブズが最後に残した言葉の一部である。
「いま思えば（仕事のほかには）喜びが少ない人生だった」と言われても、素直にハア
そうですか、とは言いづらいところがあるのは私だけだろうか。
〈私が勝ちとった富は、私が死ぬ時に一緒に持っていけるものではない〉

と、死を前にして彼は言う。では、なにが望みなのか。

〈人生において十分にやっていけるだけの富を積み上げた後は、富とは関係のない他のことを追求した方が良い〉

そして、終わりを知らない富の追求は、人を歪ませてしまう、とも語っている。

〈物質的なものは失くしても、また見つけられる〉

とも言う。そして「愛」と「命」と「健康」と「家族」こそが最も重要なものだと素直に述べている。

しかし、その最後の言葉にどこか違和感をおぼえるところがあるのは私だけだろうか。人生において十分にやっていけるだけの富を築き上げることのできる人は、決して多くはないのだ。

スティーブ・ジョブズは、アメリカのみならず、世界の英雄だった。その卓抜《たくばつ》なパイオニア精神に、どれだけの若者が勇気づけられ、励まされたことだろう。

彼の未来への勇気あるアプローチに感動する私としては、最後の最後まで現世に生きる思想を語ってほしかったと思うのだ。

馬の耳に念仏

ことわざ

ことわざは謎にみちている

ことわざにはいろんな種類がある。聞けばすぐに納得できて、なるほどと実行にうつせるもの。また、なんとなくわかったようで、よく考えてみると意味不明のもの。さらに深く追求すると意外な結論がみちびきだされるもの、など、さまざまだ。

この、しばしば耳にする〈馬の耳に念仏〉という表現も、よく考えてみるとわからないところがないでもない。

要するに、聞く気がない相手に話しても無駄だ、ということだろうか。それとも言葉がわからない馬は、何を聞いても無関心、という意味か。そもそも念仏とは、価値あるマントラ（真言）である。そんな念仏を馬にほどこすのは意味がない、というたとえだろうか。

〈猫に小判〉ということわざもあるが、こちらのほうはわかりやすい。値打ちがわからない者や、価値基準のちがう相手に小判をあたえても仕方がない、という話だ。

〈馬耳東風《ばじとうふう》〉という表現もある。知らん顔で聞き流す様子などを言う。しかし、ことは念仏だ。本来、念仏とは自己の約束であり、誓言《せいごん》である。のちに転じて報恩感謝《ほうおんかんしゃ》の言葉とされた。それを捧げる相手は仏である。馬にむかって念仏するのは、お門ちがいだろう。

そこまで考えてみると、ますますわからなくなってくる。

「言っても聞く耳をもたない」という安易なたとえと割りきるか、それとも言う相手をまちがえている、という意味で使うか、迷うところだ。

たのしみはまれに魚煮て子ら皆がうましうましと言いて食う時

橘曙覧

日々の暮らしの中のたのしみ

今年こそは一年を楽しんで生きよう、と毎年のように思う。新春を迎える気分は、新しいノートを前にしたような感じである。しかし、これがなかなか難しい。松の内からもう仕事が立てこんでくるのが二十一世紀の正月だ。それでも残された人生を少しでも楽しく過ごそうと思う。

そんなときに、ふと頭に浮かぶのが橘《たちばな》曙覧《あけみ》の詠んだ歌だ。

「たのしみは」ではじまる歌の数々は、私たちのささくれ立った気持ちを温かく癒やしてくれる。橘曙覧は江戸後期の国学者である。越前福井の人だった。その彼が詠んだ歌には、ペーソスとユーモアが横溢《おういつ》していて、思わず笑いがこみあげてくるのだ。

〈たのしみは銭なくなりてわびをるに人の来たりて銭くれし時〉

などという切実な歌もあるが、私は冒頭にかかげた歌がことに好きである。たぶん貧乏士族で、新鮮な魚などそういつもは買えない家庭だったのだろう。まれに、つまり久し振りに新鮮な魚などを買って、食卓にそれが並ぶと、子供たちがみんなニコニコする。

「お父さん、お魚っておいしいね。ぼくお魚大好きだよ」

とはしゃぐ子供たちの顔を見ていると、いや、生きてるってことはいいもんだなあ、と感じられてくるのだろう。

たのしみは、どこにでもある。いくつになっても、それを感じる気持ちさえ失わなければ、生きていることもそう悪いことではあるまい。

第二章　どうする、どうする

どうする、どうする

明治の若者たちのかけ声

時代が変わっても変わらぬ声

明治三十年代に「どうする連《れん》」という若者、学生の生態が注目を集めた。「連」とは「べ平連」の「連」と同じである。当時、娘義太夫《むすめぎだゆう》というものが異常な流行ぶりを見せたらしい。今でいうアイドルだ。

髪を投島田《なげしまだ》に結い、口紅の色も鮮やかな少女が、身を震わせて義太夫をうたう。その姿に若い書生たちが熱狂して、当時のライブハウスに詰めかけた。人気アイドルが寄席を掛け持ちすると、その俥《くるま》を押したり先導したりして追いかけまわしたものらしい。

演奏が高潮すると全員立ち上がって「そこだ！　そこですゥ」と絶叫し、アイドルのアクションに合わせて一斉に声をかける。

「どうする、どうする！」というのが、その際の掛け声だったという。

「この興奮をどうしてくれるんだ」といった感じだろうか。

体をゆすり、真っ赤になって熱狂する若者たちを、世間は「どうする連」と呼んだ。

平成、令和を通じて、少女アイドルへ若者の熱狂は衰えることがない。

アクションと、歌と、コスチュームが作りだす世界から一歩、外へ出ると容赦ない現実が待っている。高齢者世代は心の中で「どうする どうする」と自問する。退職後の数十年をどうすればいいのか。老後の生活を支える経済的余裕を、どうすれば確保できるのか。

時代は変わり、世代は変わっても、「どうする どうする」の声は消えない。

いかに宝物を仏前にも投げ
師匠にも施すとも、信心かけなば、
その詮《せん》なし

歎異抄

宗教の本質にかかわる布施

このところ宗教団体への寄進の問題が、さまざまに論議されている。
『歎異抄《たんにしょう》』の十八章には、寄進の大小を問題にすべきでないことを断固として主張する文章がある。

そもそも宗教というものは、精神と物質の交換という側面が必ずあるものだ。布施は宗教が成立する上での一つの条件として存在する。

その日いちにち限りの食物を供養してもらう托鉢《たくはつ》にしても布施であるし、教団に土地や建物を寄進するのも布施である。

そのことを完全に拒絶しては、教団は成り立たない。

かつてインドの竹林精舎《ちくりんしょうじゃ》や、その他の仏跡を訪れたとき、人里はなれた場所にあるのではなく、城門の外の市井《しせい》にすぐ近い場所に存在することに納得したことがあった。信仰を追求する修行者たちも、必ず俗世のサポーターを必要とするのだ。

問題は、それが事業であるか求道であるかにかかっている。親鸞《しんらん》も東国の弟子たちの寄進によって晩年の都の暮らしを支えた。

信仰は慈善事業ではない。

ブッダにむかって、「オレは田を耕《たがや》している。あんたは何をしてるんだね」と問うた男に対して、ブッダが「私は人の心を耕している」と答えた逸話は、きわめて清々しいものを感じさせるエピソードではある。

逃げるが勝ち

ことわざ

ことわざが正しいとは限らない

ロシア軍のウクライナ侵攻に際して、国外に避難するウクライナの一般市民の数は、百万人をこえ数百万に達しそうな事態となっているらしい（二〇二二年八月には六四〇万人）。しかしウクライナ側の政府要人や兵士たちは、徹底抗戦の構えで激しい抵抗を続けている。日本の敗戦直前、旧満州や北朝鮮からは、ソ連の侵攻と同時に、政府要人や軍高官はいち早く現地から退去した。

私は当時、現在のピョンヤンに住んでいたが、敗戦直前に飛行場からは、続々と軍関係者や高級官僚たちが軍用機で脱出していたらしい。駅も当時の上流市民でごった返していたと、後から知った。

「一般市民は軽挙妄動《けいきょもうどう》せずに現地にとどまれ」

というのが一般市民へのお達しだったのに。

やがてソ連軍の進駐とともに、悲惨な敗戦国民の生活がはじまった。米ソの間で三十八度線が定められ、私たちも満州からの難民とともに抑留の冬を迎えることとなる。困難に直面したとき、それを迎え撃って徹底抗戦するか、逃亡するか、その選択は迷うところだ。

一時期、逃亡論の思想が一世を風靡《ふうび》したことがあった。

「逃げろや逃げろ」の合言葉が一つの思想として支持されたのである。

古人は言う。「逃げるが勝ち」と。しかし、逃亡の道を持たない島国の民はどうすればいいのか。「逃げるが勝ち」は、大陸の論理かもしれないと、あらためて思う。

「引き揚げ」に日本人の実存の弱さを見る

内村剛介

ステートよりもカントリー

「戦争の一つや二つに負けたくらいでは引き揚げたりしないのが大陸の諸民族である」という内村剛介の言葉に、拳銃で胸を撃たれたようなショックを受けたことがあった。シベリアから送還された内村の言葉だけに、なおさらである。

戦争に負けたら誰もが母国に帰る、それが当然だと思っていたのだ。しかし、それは明治以来の私たち日本人の出稼ぎ根性の反映ではないのか。

アジア大陸の諸民族は、ステート（国家）の敗北におつきあいはしない、と彼は言う。彼らは自己の生活圏にロイヤリティを示す、と。

太平洋戦争の終結にともなって、日本人は旗を巻いて大陸や南方から〝本土〟へ引き揚げてきた。だがロシア革命に際してもシベリアの中国人は引き揚げはしなかった。〈彼らは現地にとどまり尼港《にこう》事件の惨を見るのだが、それでもなおシベリアに居ついている。朝鮮人にしたってそうではないか。（中略）だが国の階級を度外視してステートよりカントリーを採るところが彼らには強く残っている〉と、彼は書く。私はかつてシベリアの日本人墓地を訪れたとき、故国への帰国を拒否して現地に残った兵士たちがいたことを知った。

グローバル化とは、「落地生根《らくちせいこん》」の志ではないのか。いつの日にか故郷へ帰らん、とうたう心情によりかかっているだけでは、国際化はおぼつかない。あらためてそう思う。

色の白いは七難隠す

ことわざ

自分の心にわだかまる偏見

七難というのが何であるか、思い出そうとつとめてみたが、五難ぐらいまでしか浮かんでこなかった。

たしかに今も昔も、色は白いほうがいいという偏見は変わらない。

民主主義のホームベースともいうべき場所は、ホワイトハウスである。警察小説を読んでいても、「クロ」は犯人。「シロ」は潔白《けっぱく》を意味する。見た目だけでなく、色が価値判断の基準になっているのだ。

ブラック企業とか、黒歴史などという流行語もある。ロシア軍の侵攻を受けて、脱出する難民の映像を見るとき、心が痛まない人はいないだろう。天使のような幼子の姿に、なんともいえない悲しみをおぼえて、夜も眠れないというかたがたも少なくない。敗戦後、難民として帰国した私は、なおさらである。

私の知人に、アジア・アフリカの難民のサポートを長く続けている人がいる。もう十年以上もボランティアで取り組んできているらしい。

その人が「複雑な気持ちです」と独り言のようにつぶやくのを聞いた。このところ、めっきり応援してくれる人たちが減ったというのだ。アジア・アフリカの難民たちは忘れ去られてしまったのだ、と感じるときがあるという。

これはきわめて難しい問題である。私自身もどう考えていいのかわからない。自分の心の深いところにある根強い偏見を、なんとかしなければならないと思う。

坊主憎けりゃ袈裟まで憎い

ことわざ

無理を承知で冷静に

ウクライナに侵攻したロシアへの反発から、プーシキンの銅像を撤去したり、トルストイ、ドストエフスキーなどを批判する動きが目立ってきたという。

ウクライナでそういう風潮が出てきたことには、うなずける部分もあり、また首を捻《ひね》る気持ちがないわけでもない。

是非はどうあれ、現実世界での人間の心理とはそういうものである。私たちが前の戦争のときに示した感情的な反応も、似たようなものだった。

戦時中、ジャズは敵性音楽として排撃されたのだ。今回もプーチン憎さのあまり、こともあろうにウクライナ人が経営するロシア食品店の看板を蹴とばして壊したあわて者さえいたくらいだ。

敵か味方かを分別することは、マンションのゴミ捨て場に、ゴミを分別するよりはるかに難しい。

私たちはふだんの生活でも、二分法で人間関係を処理しがちなものである。敵か、味方か。善か、悪か。損か、得か。美か、醜か。

前の戦争のとき、米国は日系アメリカ人を敵性人種として隔離、収容した。

どんな時代にも、どんな場所でも、坊主憎けりゃ袈裟《けさ》までも、といった行動はおこり得るだろう。そこを区別して冷静に行動することは至難のわざである。

しかし、それでも坊主は坊主、袈裟は袈裟だ。

なんとか少しでも冷静に対処することを心がけたいと思う。

文明が進めば進むほど天災は劇烈の度を増す

寺田寅彦

忘れた頃にやってくるとは限らない

「非常時」というなんとなく不気味なしかしはっきりした意味のわかりにくい言葉がはやりだしたのはいつごろからであったか思い出せないが――という書きだしの『天災と国防』の中で、寺田寅彦《とらひこ》は恐ろしい予感を語っている。

昭和九年（一九三四）十一月のことである。そこにでてくるのが、この言葉だ。

「天災は忘れた頃にやってくる」という文句は、あまりにも有名だが、寺田寅彦の当時の文章は読めば読むほど戦慄《せんりつ》的である。

昭和八年（一九三三）の『津浪と人間』では、その年三月の東北日本の津波について、こう書いている。

〈（前略）明治二十九年六月十五日の同地方に起ったいわゆる『三陸大津浪《さんりくおおつなみ》』とほぼ同様な自然現象が、約満三十七年後の今日再び繰返されたのである。同じような現象は、歴史に残っているだけでも、過去において何遍《なんべん》となく繰返されている。（中略）現在の地震学上から判断される限り、同じ事は未来においても何度となく繰返されるであろうということである。（後略）〉

この日本という国は、国土全体が一つの吊り橋の上にかかっているようなものだ、とも書いている。そして大災害のあと、その責任の所在を隠そうとする働きがもっぱらであるとして、鋭くそれを批判していた。

戦後七十年というが、この国は百年前からほとんど変わっていないのかもしれない。

固く握りしめた拳とは手をつなげない

マハトマ・ガンジー

マスクの下の肘鉄

新型コロナの蔓延《まんえん》以来、世界の政治家たちは握手をしたりハグしたりしなくなった。そのかわり拳《こぶし》を固めて、肘《ひじ》と肘とをぶっつけ合うようなジェスチャーで挨拶をしたりする。

世界をリードするような各国の首脳たちが、奴《やっこ》さんの踊りのような格好で交歓する光景は、どこか奇妙に見えるのは私だけの感想だろうか。

ここに掲げたガンジーの言葉は、里文出版の『名言』というアンソロジーの中で目にしたものだ。

握手というのは、握りしめた拳を開いて、たがいに握り合う友好のジェスチャーである。開いた手は、武器をもたず、平和を求める表現である。

それに対して握りしめた拳は、強い対立の感情を示す。たがいに肘と肘とをぶっつけ合いながら固く握りしめた拳は、いかにも腹に一物《いちもつ》ありそうな感じだ。

コロナ禍が去ったあと、はたして私たちは拳を開いて手を握りしめ合うことができるのだろうか。

米中対立のみならず、このところ欧米対立の気配までできた。コロナが去った後の世界は、コロナ以前とは大きく変わる予感をおぼえるのは私一人だろうか。

肘と肘とを打ち合わせるのは、戦闘開始のジェスチャーだ。握りしめて汗ばんだ掌《てのひら》を、一日でも早くオープンにしたいと願わずにはいられない。

人生の目的は
魂の世話をすることだ

ソクラテス

ワクチンが迫るもの

私は以前、『人生の目的』という超ダサい題名の本を書いたことがある。知識人が顰《ひん》蹙《しゅく》するようなタイトルはないかと、あれこれ考えたすえにこの題名に決めたのだ。何十年かたった今でもときどき重版が出るので、読んでくれる人がいるのだろう。

ソクラテスは人生の目的を「魂の世話をすること」だと言う。私もなるほど、と思う。

それと同時に、私はもう一つ考えることがある。それは「人生の目的は体の世話をすることだ」ということだ。

月並みな話だが、体はこころに依存する。それと同時に、こころもまた体に宿って存在する。

いま世界中の人びとの関心は、新型コロナとの闘いである。そして、その闘いの最大の武器はワクチンのように言われている。どんな新しいワクチンでも、免疫という考え方から成り立っていることは誰でもが知っていることだ。

免疫を非自己を拒絶する生体の反応とする前に、何を非自己と決定するかが問題になると語ったのは多田富雄《ただとみお》さんだった。他者、すなわち非自己を確認するには、まず自己を確定しなくてはならない。免疫はその意味で自分探しの行動である。

いま世界的に人々は「自分とは何か」という問いに直面していると言っていいだろう。ワクチンは単なるウイルス除けのマジナイではないのだ。

雑草という草はない

昭和天皇

忘れ難い昭和の記憶

明治は遠くなりにけり——と、溜め息をついた先達の気持ちが身にしみる今日この頃である。

平成が続いているあいだは、昭和はすぐ隣にあった。昭和は平成と混在していたのである。「昭和のむかし」という実感は、ほとんどなかったと言っていい。

しかし、やがて平成の時代が終わる日が確定すると、昭和がたちまち遠景にズーム・アウトする。すぐ前の時代ではなく、はるか彼方にかすんでいるような感じになってしまうのだ。

昭和は遠くなりにけり――と、しみじみと思いにふける時が、やがて来るにちがいない。

〈雑草という草はない〉という言葉は、周知の名言として以前から記憶していた。しかし、植物学者であった昭和天皇の口から呟かれる時、いっそう深い感慨をおぼえるのは私だけだろうか。

昭和天皇ほど数奇な運命に翻弄《ほんろう》された天子は、おられないように思う。なんといってもこの国土が外国の占領下におかれるという国難を、身をもって体験されたからだ。そして現人神《あらひとがみ》からの人間宣言。

かつて、民草《たみぐさ》という言葉があった。国民のことをそう呼んでいたのである。民草は雑草ではない。一人一人が個性を持った存在であり、民主国家の主権者である。「雑草という草はない」という呟きには、無量の思いが込められていると思うのは私だけだろうか。

祖国とは、税金を払っている場所のことだ

ある香港人の言葉

私たちにとって国とは何か

むかし香港で、ある中国人に「あなたの祖国はどこですか」とたずねたことがある。その人は、ごく自然に、「税金を払っている国が自分の祖国だ」と答えた。そしてこう続けた。

「自分のことをコスモポリタンだと言う人がいる。それをどう思うか」

「私も自分のことをコスモポリタンだと思っています」

と、言うと、彼は首をふって、

「あなたは自分の税金をどこに払っていますか」ときいてきた。

「日本の政府に払っています」と、答えると、肩をすくめてこう続けた。

「あなたはコスモポリタンではない。日本国民です」

祖国とか、母国とかいうものに対して、これほど即物的な表現をきいたことがなかった。税金を払う。そしてそれに見合ったサービスを受ける。それが国家と国民の関係であると断言されると、反論のしようがない。

私たちは国というものに対して、さまざまな入り組んだ感情を抱いて生きている。風土、自然、歴史、血脈、それらの思い入れがからまりあって、祖国という観念をかたちづくっているのだ。

「税金を払っている国が祖国だ」

という発想は私にとってショックだった。

あらためて国と国民の関係を考えさせられたものである。

今のこの国は附庸国である

白川静

白川さんの静かな言葉

白川静《しらかわしずか》さんは世紀の大学者でいらした。

その白川さんが、漢字をめぐる対話のなかで、痛烈な言葉を吐かれた。日本という国の現状についての直截《ちょくせつ》な意見である。いわく、「いまの日本は、半分属国でありながら属国意識がない。属国意識がないから、属国を脱しなければならないという気迫がないんです。これがすべての原因です」と。

春秋時代の属国のことを附庸《ふよう》といったそうである。白川さんはその著書のなかで、この国は「附庸国」である、と書かれた。そしてフランス文学者、吉田加南子《よしだかなこ》さんとの対談の中で、こうも言われている。

「東京の都内に向こうの飛行場があって、入り口に軍港がある。これは『城下の盟《ちかい》』で、戦後五十年も過ぎた今の友邦に対して失礼な話です」

二〇〇〇年の発言だが、戦後七十年を過ぎた現在でも、この国の現状はまったく変わってはいない。むしろその関係は、いっそう深まっていくばかりのようだ。

白川さんは同じ対談のなかで、また、こうも言われた。

「今すべて文化や生活の面でも、グローバルという言葉で、地域の独自性を尊ばないというやり方をしているけれども、これはアメリカ的な考え方でしょう。ほんとうはグローバルなものはそれぞれの地域性が確立された上で、お互いの理解の上に一種の通時性、時代的な共通の理解というものが生まれて、初めてグローバルである」

その静かな言葉が、あらためて身にしみる昨今である。

国家という字は家が国を支えている

福永光司

人々が国を担いでいるのだ

私たちは上のほうにあるものが偉いと考えがちだがそうではない。家というのは、家族、民衆のことである。それが土台となって国を支えているのが、国家という字だ、と福永さんは言っておられた。

国際的な道教の専門家でいらした福永光司《みつじ》さんは、「直線より曲線」「上より下が大事」

というのが持論だった。老荘思想というのは、円環《えんかん》的な発想であるとも教えられた。柔道の達人だった福永さんは、相手が立ち技が得意だと見ると、北方騎馬民族系の人間であろうと判断されたという。それに対して寝技に持ち込もうとする相手は、南方系の海洋民族であると考える。南船北馬《なんせんほくば》というのは、大陸からこの列島へやってきた原始民族の特性でもあろうか。

中国人は本来、国というものを当てにしていないようだ。頼るべきものは家、すなわち家族、肉親、一族である。そのグループの上に、国家という制度が乗っかっているだけだ、と考えているらしい。

私たちは上に国が君臨し、その支配下に民衆が生きていると思いがちだ。しかし、国家とは紙の帽子のようなものだと考えるふてぶてしい思想は、いまもどこかに生きているのではないか。

コロナ・パンデミックのなかで、私たちはすこぶる従順にお国の指示にしたがった。しかし、それを国の手柄のように言うのはまちがっている。人々が事態に向き合ったのだ。

社会を覆す最上の策は通貨を堕落させることだ

J・M・ケインズ

通貨が落ちぶれるとき

このところカラスの鳴かぬ日はあっても、ケインズの名前を目にせぬ日はない。とはいうものの、私はケインズにもマルクスにも縁なき衆生《しゅじょう》の一人であって、こと経済に関しては、ほとんど無智な人間である。

しかし、人づてにケインズという大学者が、こんなことを言ったと聞いて、膝を叩いて共感した。

通貨というのは、お金のことだろう。それを堕落させるとは、どういう意味か。堕落という表現には、どこか道徳的な感覚がある。「あいつも堕落したもんだなあ」など慨嘆《がいたん》したりする。しかし、もともと漢字のご本家である中国では、堕落というのは、単なる物理的な言葉であったらしい。上から下へ落下する、という意味だそうだ。「飛行機が堕落する」といえば、着陸することである。いつの頃からか、そこに不健全なこと、落ちぶれること、などの語感が生まれてきたのだ。

それはさておき、ケインズの言う「通貨の堕落」とは、どういうことか。私の勝手な解釈では、「お金の不健全な下落」とでもいおうか。

私たちの国の通貨は、円である。このところずっと円安が続いている。それをよろこぶ人もいるし、ほとんど気にしていない人もいる。しかし、これは「円の堕落」ではないのか。通貨が下落するとき、世の中が覆《くつがえ》るおそれがあるというのは、はたして杞憂《きゆう》だろうか。

「臨時工」をなくすためには「本工」をなくすことだ

寺山修司

見えざる流れの底で

これは昭和五十年に寺山修司と対談したときの彼の発言である。

寺山修司の発想は、小説家のそれではなく、明らかに演劇人のそれだ。そのことを強く感じたことを思い出す。

「正規」と「非正規」の問題は、私たちがいま直面している大きなテーマである。現在、全体の四割に達するといわれている「非正規」の現実は、さらに進行していくとも予想される。

寺山の言う「本工《ほんこう》」とは「正社員」、「臨時工」とは「非正規社員」と考えると、彼の言葉は不思議な閃《ひらめ》きを放って私たちに迫ってくるようだ。

「本工をなくす」とは、要するに「正社員」というシステムを廃止してしまうということだろう。全員が「非正規」でいいじゃないか、というわけだ。私たちは「非正規」のほうばかりに注目しがちだが、「正社員」をなくす、という視点を見失っていたような気がする。

「正社員」がなくなれば「非正規」などという奇妙な立場も消滅するだろう。しかし、現実は、寺山修司の発想とは逆の方向から、意外な展開を見せつつあるようだ。

いま静かに進行しつつあるのは、「非正規」の拡大ではない。むしろ「正社員」を消滅させ、全てを「非正規」に切り替えようという深層海流のような流れではないのか。

「非正規」という平等が実現する未来を想像すると、なんともいえない気分になってくる。

働く女性の美しさなどというものはない。
働く人間の美しさがあるだけだ

福田恆存《つねあり》

女性が讃美される時代に

働いて世の中を支える世代を、生産人口とか、社会人とか呼ぶ。労働生産人口というと、どこか人間味にかける。

一国の経済成長の姿は、生産人口の多寡と関係する。当たり前のことだが、働き手が少ないと経済は下降線をたどる。わが国の生産人口、すなわち青壮年世代の数は目下のところ減る一方だ。少子化がすすめば、将来はさらに少なくなるだろう。外国人労働者を入れるというやり方は、もう通用しない。アジア諸国の労働者は、わざわざ日本まで出稼ぎにいかなくても、それぞれの国で十分に生活できるようになったのだ。

さらに劇的な高齢化が目前にせまっている。戦後生まれの、いわゆる団塊の世代七百万人が、雪崩《なだれ》をうって高齢者の仲間にくわわるのである。

画期的な生産性の向上ぐらいしか、打つ手はなさそうだが、その可能性は薄い。働き手は激減し、被負担層は激増する。あと残された道は、と考える指導者たちが考えつくことは、「働く女性は美しい」というスローガンだろう。

かつての戦争の時代にも、「やまとなでしこ」などという言葉が氾濫《はんらん》した。白鉢巻《はちまき》をきりりと締めた、モンペ姿の女子工員たちが兵器生産ラインで働くグラビアページを、どれほど見たことか。

私の母親も、当時の働く女性だった。疲れはてて家に帰ってきた母親の表情を、ふとしたときに思いだすことがある。

日本人は世間という枠の中で暮らしてきた

阿部謹也

おれはそのときにするという世界

日本人は初めて会った人に「今後ともよろしく」と言う。また「先日は有難うございました」と挨拶したりもする。

しかし、こういう表現は欧米の言語にはないものらしい。彼らは赤子にいたるまで自分の時間を生きているからだ。しかし日本人は皆、世間という共通の時間の中で生きていると思っているので、何時《いつ》かまた会うことがあると思い、そのためにあらかじめお礼の前払いをしているのだ。

これは『日本の最終講義』（角川書店）という異色の本のなかに出てくる阿部謹也《あべきんや》氏の言葉である。

欧米人は「先日は有難うございました」という言い方をしない。お礼はそのときにするものだからである、というのだ。

こう言われると、なるほど、東は東、西は西だなあ、とため息をつきたくなってくる。世間に生きてきた日本人が、近代にいたって個の意識に目覚めたところに新しい困難が生まれたとも言えそうだ。

コロナウイルスとの遭遇のなかでも、この世間と個人との葛藤が表面化した。私たちはいまも世間と個人の間に板ばさみになって生きている。

お礼はそのときにするものだ、と言われても、やはり「今後ともよろしく」と言ってしまう気持ちは捨て去ることができない。

そんな大きな文明の差を、どう乗り越えていけばよいのか。悩みはつきない。

遠くて近きは男女の仲

ことわざ

いまは昔のロマネスク

最近、世界中どこの国でも単身世帯が増えてきているという。わが国もその例にもれない。少子化はますます進んでいくのではあるまいか。

〈遠くて近きは男女の仲〉

とは、確かにその通りである。周囲を見回して意外なカップルが少なくないのは、その証拠だ。しかし、その半面、家庭を持ちながら孤独を感じている男女が少なくないのも事実である。

〈近くて遠きは男女の仲〉

と、ふと感じる人びとが増えつつあることは間違いない。

絵に描いたような幸福な家庭をいとなみながら、じつは孤独、というのが現代の孤独である。

かつて〈群衆のなかの孤独〉という言葉が流行った時代があった。いまならさしずめ〈家庭のなかの孤独〉といった感じだろうか。

一緒に生活しながら、お互いに相手に見せない孤独がある。そんなことなら、いっそ結婚しないほうがいい、という感覚が単身世帯社会の背景にはあるようだ。

一人前の社会人になれば結婚して家庭を持ち、子供をつくる、そういった常識が少しずつ崩れはじめているような予感がある。孤独を抱えた者同士が一緒になれば、孤独が癒やされるのではなくて、むしろ孤独が二倍になる可能性がある。単身世帯の増加は、そのことを人々が感じはじめているからかもしれない。

二十一世紀は小さな単位の時代に

塩野七生《ななみ》

少子化を恐れることはない

日本国が縮むことが心配されている。いわゆる少子化の問題だ。将来はこの国の人口はいまの半分くらいになるかもしれないといわれている。

しかし塩野さんに言わせれば、中世ルネサンスをつくったのは、ヴェネツィアやフィレンツェなど数十万単位の都市国家だった。

それが可能だったのは「資産は頭脳である」という考え方だった。ヴェネツィアは二十万人ほどの人口で、トルコの八百万人と同じ規模の生産力を発揮した。

それが近世になると、百万人単位になる。そしていま現在、億の人口が世界を支配しようとしている。

中世やルネサンス期に世界を制覇していた国々の人口は十万単位だったことを考えると、少子化もそれほど恐れる必要はなさそうだ。

人口イコール国力ではない。かつては土地が資産だった。

二十一世紀のわが国では、いまだに土地神話が生き続けている。国土、人口などが大国の資格である時代は、現在もまだ続いているが、やがて変わっていくだろう。

成長よりも成熟が問題なのだ。過去に黄金期を誇った西欧諸国は、成熟の遺産で世界の富を吸いあげている。成長に労働者の数が必要であった時代は、いま過ぎようとしているのだ。少子化を嘆くことより、見えない能力を開発することにエネルギーを注ぐことのほうが大事かもしれないと思われてくるのである。

戦略的に縮む、という選択を提言する

河合雅司

私たちはどこへ行くのか

これは話題となった『未来の年表』（講談社現代新書）の中で、著者の河合雅司《かわいまさし》氏が提言されている言葉だ。

私も以前『下山の思想』という本を書いたことがある。いやいや下山するのはやめて、優雅に実り多い下山を目指すべきではないか、という発想だった。

〈どうせ縮まざるを得ないのならば、切羽詰まってから対策を考えるより、時代を先取りし、〝小さくともキラリと輝く国〟を自分たちの手でつくりあげたほうがよい。取り組むべきは、人口が少なくなっても社会が混乱に陥らず、国力が衰退しないよう国家の土台を作り直すことである〉

と河合さんは言う。

〈戦略的に縮む〉というのが、今後の課題であるという点では私も大賛成だ。

しかし、今の状況を見ていると、その逆の方向へ舵《かじ》を取ろうとしているように見える。戦略的に縮むことは、なにも世界の小国の位置にこの国を置くことではない。量より質、という考え方もあるではないか。大きければいいというものではあるまい。巨大な国家は、すでに相当きしみ音を立てつつある。その図体をもてあまして苦しんでいるのだ。

結果として縮んでいくのではない。戦略的に縮むのは文明国の智恵だろう。それ以外に道はない地点に私たちは立っているのである。

二度と飢えた子供の顔は見たくない

野坂昭如

無頼派の仮面の下に

これは故・野坂昭如《のさかあきゆき》が選挙に立候補したときのスローガンである。

世間の良識に挑戦し、常に無頼《ぶらい》を演じていた野坂昭如だが、本質的にはやや古風なヒューマニストだった。その正直な心情が、この文句に凝縮されているように思う。

選挙運動に加わって応援演説をしたときに、私は非常識な言動をした。

正面切ってこのスローガンを批判したのである。私ならこう言う、と力説したのだ。

「二度と飢えた大人の顔は見たくない」と。

あれは十三歳のときのことだ。

北朝鮮から脱出し、三十八度線を徒歩で越えて、南の米軍の難民キャンプに収容されていたときの記憶が、私の中に消えずに残っていたのである。

テント村の鉄条網ごしに外を眺めていた私と弟に、通りかかった朝鮮人の婦人が食べ物を手渡してくれたのだ。栄養失調寸前の痩せ細った弟の姿を見て、可哀相に思ったのだろう。私と弟は思いがけないプレゼントに、涙が出そうなほど嬉しかった。テントに持って帰って、妹にも分けてやろうと歩き出した瞬間、どんと突き倒されて引っくり返った。地面に落ちた食べ物をかっさらっていったのは、大人の男だった。その顔を今でも思い出す。

しかし私は野坂昭如の素朴な主張に、反発しながらも惹かれる気持ちをおさえきれなかった。やはり彼の言葉のほうが正しい、としみじみ思うときがある。

人は素直なほうがいい。

機械の文明は野蛮の最終段階に達した

アルベール・カミュ

〈黒い足〉のあふれる時代

第二次世界大戦中、レジスタンスの地下新聞『コンバ』紙の記者だったカミュは、一九四五年八月八日のコンバ紙にこう書いた。

日本での原爆投下のニュースを受けての発言である（『ピエ・ノワール列伝』大嶋えり子著／パブリブ）。

カミュは〈ピエ・ノワール〉の一人である。〈ピエ・ノワール〉とは〈黒い足〉という意味であるらしい。この言葉の由来は複雑だが、アルジェリア解放戦争後、植民地から脱した同国から、本国フランスへ帰国した人々を指すことが多いという。いわば〈引揚者〉に対して用いられたようだ。

その意味では、戦後に、北朝鮮から内地へ引き揚げてきた私もまた〈黒い足〉の一族である。

第二次世界大戦の終了後、世界各地で旧植民地の独立が続いた。そこに居住していた旧宗主国の人々は、追われて本国へ帰国し、その母国においても余計者として日陰の暮らしをしいられることになる。

全世界にこのピエ・ノワールが漂流した時代があった。帰国した母国もまたピエ・ノワールにとっては異国だったのだ。『異邦人』とは、哲学的な意味だけでなく、現実に宙ぶらりんの状態におかれた〈黒い足〉の人びとのことでもあるのだろう。

いま世界的に難民が激増している。国を逃れた人々、ピエ・ノワールは、現代の象徴かもしれない。

第三章　悲しい時には悲しい歌を

青い鳥は逃げていく

メーテルリンク

真実は苦い味がするものだ

私鉄の駅の近くに、信用金庫のポスターがはってあった。赤い屋根の住宅と白い雲。若い夫婦が男の子と女の子を連れて、幸せそうに笑っている。屋根にとまっているのは、青い鳥だ。

〈幸せを呼ぶ『青い鳥預金』〉という文字が鮮やかに目立つ。それを見ながら、複雑な感慨をおぼえた。「青い鳥」とはいったい何か。

ノーベル賞作家、メーテルリンクの有名な戯曲であることは知っている。子供の頃から絵本でも読んだ。チルチルとミチルという二人が幸せをもたらす「青い鳥」を探して回る物語だ。「青い鳥」は今では幸福の象徴のように使われている。そういえば「ブルーバード」という車もあった。

しかし、原作をあらためて読むと、意外なことがわかってくる。さまざまな遍歴ののちに、やっと「青い鳥」をみつけたと大喜びしていたら、なんと、その鳥は一瞬にして飛び去ってしまうのだ。

この物語は、幸運の物語ではない。むしろ逆の、苦い教訓を暗示している。すなわち「幸福」とは、それを手に入れたと思った瞬間に、不意に飛び去っていくものだ、と語っているのだ。「青い鳥」とは失われた幸福のシンボルなのである。預金をすすめる広告は、何か不吉なものを暗示しているのではないだろうか。

昔、読んだ絵本のなかでは、その結末はカットされていたように思う。

孝行のしたい時には親はなし

柳《やなぎ》 多留《だる》

感動的なシーンの陰に

親孝行という言葉も最近はあまりきかなくなった。しかし、その半面、両親に感謝するアスリートが増えてきたような気がするのは、私の僻目《ひがめ》だろうか。

テレビを見ていると、栄冠を手にしたスポーツ選手が、心をこめて父母に感謝する言葉をのべるシーンがしばしば出てくる。

「きょうまで見守ってくれた父母にありがとうを言いたいです」

と、はにかみながら語る口調に感動しつつも、どこかにつらい気持ちをおぼえずにはいられないのだ。

自分を育ててくれた両親に感謝できる子供は幸せである。そして、子供からそんな言葉を贈られる親も幸せなかたがたである。そんな心あたたまるシーンを見て、感動する人びとも多いことだろう。しかし、世の中にはそんな幸運にめぐまれることなく生きている家族も少なくない。

栄冠を手にするアスリートは、ピラミッドの頂点に立った存在だ。血のにじむような努力と、周囲の応援と、家族の理解とがなくては、それはつかめない。

一人の優勝者の背後には、無数の挑戦者の姿がある。さらにその挑戦すら望めない子供たちと親の姿がある。

世の中に幸運な家庭は必ずしも多くはない。幸運な勝者のスピーチに感動しつつ、あるつらさを嚙みしめる一瞬をおぼえるのは私だけだろうか。

幸福な家庭はみな
一様に幸福だが
不幸な家庭はさまざまだ

トルストイ

判ったようで難解な言葉

トルストイはドストエフスキーほど難解ではないような印象があるが、有名なこの言葉に関しては何度読んでもサクッと明快に理解できないところがある。

「幸福な家庭はみな一様に幸福」というところからして判らない。幸福は人それぞれの考え方次第である。はたで見ていて可哀想に思われても、当の本人は幸せかもしれないではないか。

幸福という状態も、さまざまだ。貧しくても心が豊かで、日々を感謝の気持ちで生きている人もいるだろう。反対に豊かな暮らしに恵まれていても、深い孤独に閉じこめられている人もいるはずだ。

幸福のかたちもさまざまだ。そして不幸もまた一様ではない。世の中とはそういうものだ、という固定観念が私にはある。典型的な幸福な家庭とは何か。「仲良きこと」は、はたして幸せだろうか。経済的に恵まれていることは、すべて幸福か。

トルストイの言ってることは、そういうことじゃないんだよ、と苦笑する声がきこえる。それでも私はあえて、トルストイの言葉を理解しようとは思わない。

平和もさまざまだ。戦争も一様ではない。私たちは明快に語り切れる世界には住んでいないのだ。

しかし謎めいた言葉だからこそ、心に深く引っかかって消えないのだろう。もう何十年もずっと、この言葉を消化できないままでいる。

孤独が怖ければ結婚するな

チェーホフ

人が家庭に求めるもの

『桜の園』や『犬を連れた奥さん』などを書いたチェーホフは、医師でもあった。ルポルタージュ作家としても、大きな足跡を残しており、繊細で優しげなイメージとは裏腹に、冷徹なリアリストでもあったことは忘れがたい。

『桜の園』といえば、ロマンチックで詩的な舞台が連想されるが、じつは桜桃園《おうとう》である。

サクランボを生産する産業の場だ。近代ロシアにおける経済構造の変遷が背景にある。実際、チェーホフは二メートルちかい偉丈夫《いじょうふ》であったし、その視線は冷徹だった。

愛する者同士が結ばれて共に生活するようになれば、孤独から逃れることができるのではないかと人は勝手に想像する。しかし、二人の違った個性が共同生活をするという試みは、それぞれの個性の違いをきわだたせる舞台ともなりうるのだ。

長く平和な家庭をいとなんできた人間は、孤独の深い姿を知ることになるだろう。真の孤独を知りたければ、結婚生活を長く続けてみればよい。

しかし、孤独な人間がよりそうところに家庭の意義があるのかもしれない。孤独を知った人間こそ、相手に対して優しくありうるだろう。尊敬しあうこともできるだろう。

愛とは、本来、孤独な者同士のあいだに生まれる人間関係である。人は孤独であるからこそ結婚するのだ。そこに生まれる人間関係こそ望ましい生活なのではあるまいか。

真そーけーなんくるないさ

沖縄古諺《こげん》

楽天性の苦さと重さ

「なんくるないさ」というのは、最近よく知られるようになった沖縄の言葉である。「なんとかなるさ」という能天気な表現とはまったくちがう、苦さと重味をもった言葉であるが、本来はその前に「真《まくとう》そーけー」という呟きがついているらしい。

これは宗教学者の鎌田東二《かまたとうじ》さんと、映像作家の比嘉真人《ひがまさと》さんの対話のなかで語られたエピソードだが、深くうなずくところがあった。

やるべきこと（真実の行い）をちゃんとやっている限り、物事は正しい方向へ動いていくのだ、という安易な信念ではない。「なんとかなるだろう」という漠然たる期待でもない。

おのれの信じる道をいくしかない、という決断の果てに、みずからを励ます呟きではないだろうか。真《まこと》の道を歩いていけば必ずむくわれるという発想とは根本からちがうのだ。

真実をつらぬき通しても、必ず良い結果がもたらされるとは限らない。むしろ現実は正しい者がむくわれることがまれである。それを覚悟した上で、真の道を歩く。まっすぐに進んで転んだとしても、「なんくるないさ」と苦笑しつつ立ちあがればよい。

これは長い苦難の年月のなかから、おのずと浮かびあがってきた言葉だろう。世の中、「なんくるない」わけはないのだ。それをはっきり受けとめた上で、「なんくるないさ」と呟く。真実の言葉には、常に苦い味が滲《にじ》むのである。

日本には文化はあっても、文明はない

稲垣足穂

イタコの託宣《たくせん》のように

稲垣足穂《たるほ》さんのお墓は、京都の法然院《ほうねんいん》にある。数年前にそこを訪ねて、さまざまな感慨をおぼえた。一九七〇年代のはじめの頃、京都で稲垣足穂さんと対論したことを昨日のことのように思い出したからだ。

異色の作家、奇矯《ききょう》な少年愛者と見られていた稲垣さんは、実際にお会いしてみると、すこぶる知的な、のびやかな人柄の人物だった。

お会いする前に、野坂昭如からさんざんおどされていたので、かなり警戒しながら対論の席にのぞんだのである。

「オレ、対談の席でいきなりキスされちゃってさ。ヤバイぞ、あの人」

と、野坂は言っていたのだが、全然そんな気配はなかったのは、私が好みのタイプでなかったからだろうか。

その時の稲垣さんの発言で、ことに記憶に残っているのは、「日本には文化はあっても、文明はない」という言葉だった。

「文化には冒険がない」と稲垣さんは言う。文明には創意と独創とが必要だ。しかし文化にはそれが欠けている。折口信夫《おりぐちしのぶ》とか柳田國男《やなぎたくにお》などは土俗《どぞく》とまじないの学問だ、という言葉には説得力はないが、迫力があった。

文明と文化のちがいは、私にはまだよくわかっていない。しかし、一見、奇矯に思われるタルホ・イナガキの言葉は、イタコの託宣のように私の記憶に残っている。

たしかに稲垣さんは、文化人ではなかった。

漱石は、自由であるから人間は不幸なのだと思っていた

姜尚中

自由を手にするのは楽ではない

今、グローバル化の中で最大のプリンシプルは何かというと、それは自由である、と姜《かん》さんは言う。しかし自由は限られている。

姜尚中《さんじゅん》さんと行った対談の中で、きわめて鮮烈に記憶に残ったのはこの言葉だった。

自由が最も重んじられる時代にあって、現実にはなかなか自由には生きることができ

ない。自由とは一体どういうことなのだろうか。漱石もウェーバーも自由について、人が完全に自由であるとは考えていなかった。

じつは、自由というものは限られているものではないか。その中でしか人間は動いていけないものである。

本来的に不自由であることへの自覚の欠如が、不幸の原因なのではあるまいか。自由は何で生まれてくるか。それは生まれる前にあった歴史というものを背負ってくるのである。そのことを認めて、受け入れることによって初めて自分は自由になれるのではないか。

たとえば自分がどうしてこの親から生まれてきたのか、人はそれを説明できない。しかし、それを受け入れることを通じて、自分は初めて自由になれるのではあるまいか。漱石は自由であるから人間は不幸なのだと思っていた。それは避けられない。ならば、それを引き受ける覚悟が必要だ。

多くの制約を乗り越えて生きてきた人の言葉だけに真実味がある。自由は手軽に得られるものではないのだ。

三人行けば　わが師あり

論語

「智」と「情」の板ばさみ

〈旅は道連れ世は情《なさけ》〉というのが我が国のことわざである。独り旅よりも仲間が一緒のほうが楽しい、という意味だろうが、重要なのは情に重点がかかっているところだ。

智・情・意の三つの働きのなかで、どれに重点を置くかは、その国民の民族性による。

智にこだわるのは、やはり中国である。情より合理性を重んじる気風が、この『論語』

の言葉にもあらわれているようだ。

〈三人行必有我師焉《さんにんおこなえばかならずわがしあり》〉

一人でいても常に私がそばにいるぞ、と言うのは親鸞である。そこに人の孤独を慰める温か味を感じて、心強く思うのが私たち日本人かもしれない。

共に行く仲間から学ぶことが多い、という発想は智の世界である。吉川英治は「われ以外みなわが師」と言ったらしいが、その言葉にもどこか人恋しさの気配が漂う。

〈智に働けば角が立つ〉と漱石は言った。しかし〈情に棹《さお》させば流される〉という反省も忘れてはいない。

〈義理と人情の板ばさみ〉というのも、わが国の感覚だ。どちらか迷ったときは、文句なく「義理」を選ぶドライな感覚は、まだ私たちのなかに育ってはいない。近代的人間というのは、「情」の絆から解き放たれた個人のことである。

しかし、その世界に徹しきれないのが私たち日本人だろう。

これだけ中国大陸の文化の影響を受けながら、なお同化されない文化に何かがあるような気もする。

閑愁盡處暗愁生《かんしゅうつくるところあんしゅうしょうず》

夏目漱石

明治の暗愁とはなにか

明治の頃、日本人の教養といえば漢文、漢詩であった。文人墨客《ぶんじんぼっかく》のみならず、政治家も、実業家も、軍人も、学生も、漢詩を作り、詩吟《しぎん》をうたった。漢詩人という職業があり、伊藤博文なども有名な漢詩家にレッスンを受けていた。彼はハルビンで暗殺されたときも、漢詩人を同行させて、車中で添削を受けていたといわれている。〈萬里《ばんり》の平原《へいげん》南満州《みなみまんしゅう》〉ではじまるその詩は、〈更《さら》に行人をして暗愁を牽《ひ》かしむ〉で終わっていた。

ここで出てくる〈暗愁《あんしゅう》〉という言葉に注目したのが国文学者の小島憲之《のりゆき》さんである。当時、幕末から明治にかけて大流行したのが「暗愁」という語だったという。奈良、平安の頃からあった漢語だが、明治期に注目を浴び、猫も杓子《しゃくし》もそれを使った。漱石も幾度となく〈暗愁〉を漢詩に用いている。学生時代の詩に、〈客中客を送り暗愁微《かす》かなり〉というのがあり、のちに〈閑愁《かんしゅう》尽くる処《ところ》暗愁生《しょう》ず〉という詩文も書いた。

また外国留学に旅立つときには、〈滄溟《そうめい》を破りて暗愁を掃《はら》わんと欲《ほっ》す〉という詩文を残した。

国家と国民とが一条となって坂の上の雲をめざしたこの国の青春だったと、明治は語られている。そういう明治の時代に、坂の下の露《つゆ》のように重くよどんでいた暗愁があったことを忘れるわけにはいかない。

「苦しさ」と「つらさ」とはちがう

北森嘉蔵

生きていくことは「つらい」ことだ

北森嘉蔵《きたもりかぞう》は、熊本出身の神学者である。第二次大戦のさなかに『神の痛みの神学』を書き、敗戦後に出版されて大きな反響を呼んだ。

聖書の文語訳には、わが腸《はらわた》が彼のために痛む、と、肺腑《はいふ》をえぐるような悲しみが述べられているのに、口語訳ではそこが表現されていないことを指摘して、疑問を呈する。

西田幾多郎《きたろう》は「西洋文化の根底には悲願がなかった」と書いているけれども、旧約聖書には「神の悲痛」という表現がある、と北森は言う。

しかし、その悲痛が西洋ではどうしても読みだされなかった。「苦しさ」は出てくるが、「つらさ」はない。シェークスピアにしてもホメロスの悲劇にしても、「苦しさ」はあっても「つらさ」がない、と北森は述べている。

アジアには「つらさ」がある。その例として、台湾を訪れたときに覚えて帰った一つの言葉、「痛疼《チヤンタン》」という表現について、彼はこう語っている。

〈チャンタンというのは、「痛み」という字と「愛」という字がくっついている字なんです。例えばね、とげが刺さって痛いというときの言葉と、母親が子供を愛するときの言葉と、全然同じなんです〉

そして中村元《はじめ》が、「慈悲」の「悲」には全く「悲しみ」の意味はない、と断定したことに対しても反論する。

「苦しさ」と「つらさ」は、どこかちがうように私も思うときがある。

ドゥエンデは踵《かかと》から背中を通って登ってくる

ガルシア・ロルカ

私たちの心の奥にひそむものは何か

この言葉は、なにか呪文のようで、しかも民族の深い心の底にあるものをはっきりと示しているような気がする。

かつてロルカの戯曲『イェルマ』が上演された折に、岸田今日子さんから聞いた言葉だ。

いろんな民族には、その頭の奥にひそむ深い情感がある。ロシアの「トスカ」がそうだし、韓国の「恨《ハン》」もそうだ。ポルトガルでは「サウダーデ」という言葉が、それに当たるだろう。

「ドゥエンデ」とは、だれもがその存在を感じているが、うまく言葉では言いあらわすことができない神秘的な力みたいなものであるらしい。

たとえば、死を怖れながら死に向かっていってしまうようなもの、「黒い音の中にひそむような」感覚ではないかと岸田さんは言っていた。

スペインという国の深いところには、このドゥエンデが流れている、というのだ。

どの国にも固有の感情というか、独特の深い世界がある。私たち日本人にとっての、その言葉はなんだろう、と、ずっと永年、考え続けてきた。しかし、さまざまな言葉が浮かんでくるが、これが日本だ、という決定的な言葉がなかなか見つからない。新渡戸稲《にとべいな》造《ぞう》や岡倉天心《おかくらてんしん》の時代には、たしかにあったと思えるもの。それが見当たらない不安というものが今、私たちの心に影を落としているのかもしれない。

このような憎悪が日本人にはない

坂口安吾

ヒューマニズムの背後にあるもの

坂口安吾が学生の頃の話である。外国人教師の歓迎の会で、コット先生という外国人の正面の席に坐った。コット先生は菜食主義者なのだが、猛烈な食欲で安吾を驚かせた。野菜やスープを馬のように飲み食いしたらしい。

テーブル・スピーチがはじまると、コット先生は丁度その日の新聞で報じられた元フランス首相のクレマンソーをいたむ追悼演説をはじめた。ふだんエレジアの詩を愛し、ボルテールを語る無神論者のコット先生が、声涙ともにくだる感傷的な演説を行ったことに安吾は仰天する。そして先生のスピーチは冗談で、最後に何か逆転のユーモアがあるのだろうと想像する。ところが、最後まで悲痛な言葉が続き、沈痛なおももちで話は終わる。安吾はあっけにとられて、思わず笑い声を立ててしまうのだ。

〈その時の先生の眼を僕は生涯忘れることができない。先生は、殺しても尚《なお》あきたりぬ血に飢えた憎悪を凝らして、僕を睨《にら》んだのだ〉

と、安吾は書いている。

〈このような眼は日本人には無いのである。(中略)『三国志』に於《お》ける憎悪、『チャタレイ夫人の恋人』に於ける憎悪、血に飢え八ッ裂《ざき》にしても尚あき足りぬという憎しみは日本人には殆《ほと》んどない〉

菜食主義者にしてそのような激しい憎悪の眼を持つことのできる人びとと、私たち島国の民族との間には、どこか大きな断絶があるのかもしれない。

日本語の発音は口をあまり開けない

桃山晴衣

欧米文化のとり入れ方

桃《もも》山《やま》晴《はる》衣《え》は、日本人の歌を究極まで追求した音楽家だった。『梁塵《りょうじん》秘《ひ》抄《しょう》 うたの旅』（青土社）という本の中で、桃山は日本人の発声についてこう書いている。

若い人たちの発声指導をしていて、困ったことの一つは、セリフや歌になると口角やノドに得体の知れぬ力が入り、発声がムラだらけになる。原因は演劇学校や演劇コースで「ア・エ・イ・オ・ウ・オ・ア・オ」などと口角の形を変化させる指導を受けてきたことらしい。それで、口角を自然に、つまり口をあまり開けないで、母音をのばす日本の歌い方による発声にすると、微妙な倍音をともなう美しい発声になる、というのだ。

そのことは長年ずっと私も考えてきたことだった。合唱団の発声は、ほとんど口を異常に大きく開けてうたう。そのために歌詞がはっきりしない。コンサート会場に集ってきた聴衆に、はじめて聴く歌を書き取りさせたなら、ほとんど歌詞が伝わっていないことがわかるだろう。

美空ひばりは、口を大きく開けたりはしない。しかし、その歌詞は一言一句通じないことがない。極端にいえば、腹話術師のように発声をしても、はっきりと伝わるのだ。口を大きく開けない喋り方が、この国の言葉や歌を美しく響かせる方法ではないのか。私たちは明治以来の欧米文化のとり入れ方を、あらためて考え直す必要がありそうだ。

常識を疑え。これを暮らしの土台にすえてみたい。

私の唯一の武器はセロと指揮棒だけだ

パブロ・カザルス

三人のパブロの記憶

私事で恐縮だが、私の弟が死んだとき、告別の会で『鳥の歌』を流した。読経のかわりのつもりだった。

パブロ・カザルスのチェロの音は、彼を送るのに一番ふさわしいような気がしたからである。

一九三六年の夏、フランコの反乱とともに、一つの内戦が始まった。第二次世界大戦の口火ともなったスペイン戦争である。

そのときカザルスはバルセロナにいた。そして彼はベートーヴェンの交響曲第九番の最後のリハーサルにかかっているところだった。そのとき、まさに市街戦が始まったのだ。できるだけ早く会場を去るように、と指令を受けた楽団員たちは、この先いつこうして集って演奏ができるかわからないと考え、脱出の前に第九を最後までやってから立ち去ろうと決心する。

そして最後の第九を演奏し終えると、砲火の炸裂《さくれつ》する中を、楽器を抱えて立ち去った。

やがてドイツ軍がヨーロッパを支配し、ファシズムの嵐が吹き荒れる。

戦後もカザルスは、スペインを見殺しにした連合軍に沈黙を守り、礼をつくしての母国への招待も拒否し続ける。

パブロ・カザルス。パブロ・ピカソ。パブロ・ネルーダ。三人のパブロの記憶は二十一世紀の今も消えない。

『鳥の歌』は、そのことをいつも思い出させてくれる。亡き弟の記憶とともに。

春は疾く過ぎゆく
楽しめ
いまこのひと時を

ロレンツォ・デ・メディチ

百年人生の不安と困惑

ロレンツォは十五世紀ルネッサンス時代の、フィレンツェの大実業家である。彼は、「いまこのひと時を楽しめ」と歌ったという。

当時のヴェニスのゴンドラの船頭たちが、その歌を愛唱し、一世を風靡したのだそうだ。

〽命みじかし恋せよ乙女
という流行り歌は、その流れをくむという説もある。

しかし、当のロレンツォは、持病の痛風で四十三歳の若さで世を去った。早世の予感が彼にそのような歌をうたわせたのだろうか。

しかし、いま私たちは「百年人生」という未曽有の時代に直面している。「命みじかし」どころではない。ロレンツォの二倍以上も生きる可能性があるのだ。春は疾《と》く過ぎゆくどころか、四季が延々とくり返して終わるところがない。

命ながらえば何とやら、不安と迷いに満ちた前途がはるかに続いている。はたして、このひと時を謳歌していていいものだろうか。

人生は短く、はかない。かつて人びとはそう実感した。ある者は祈り、ある者は歌い、短い春を必死で楽しもうとした。

春はたしかに早く過ぎていく。そして、その後に長い長い秋と冬が続くのだ。キリギリスのように生きるか。それともアリのように地を這って生きるのか。私たちはまだ、その決心がつかないままに、立ちすくんでいる。

長年にわたって無視しつづけるときれいに記憶は干物になり、消えてしまう

澤地久枝

過去の記憶がよみがえるとき

澤地久枝さんの文章を集めた『昭和とわたし』（文春新書）は、新書だが実に重い内容を秘めた一冊である。

満州からの引揚者である澤地さんは、「忘れがたい記憶を抱えて」戦後を生きてきた。

その重い記憶も、無視しているといつのまにか消えてしまう。

しかし、と澤地さんは書く。

〈しかし、思い出そうという努力の時間をかけると、それはまるで水気をよぶかのようになり、ペッタンコだった記憶が潤《ほと》びてふくれてくる〉

かつて時代の言葉であった「引揚者」という文字も、ルビを振るかどうかと編集者から聞かれるようになった。若い読者のなかには「ヒキアゲモノ」と読む人も多いからだという。

『昭和とわたし』の一冊には、すでにセピア色の過去となった昭和という時代の、色や音や匂いが鮮やかによみがえってくる文章があふれていて、読みながら思わず共感のため息をつかずにはいられない。

歴史として語られる昭和ではない生の記憶を、これほど率直に反映した本は少ないだろう。現代史として要約されない事実の記憶がここには横たわっている。

知人・友人・先輩がたについての短い文章も忘れがたい。

私も含めて、過去の記憶を忘れ去ろうと必死で努力した人は少なくないだろう。しかし、今はむしろ記憶を呼び返すべきときなのかもしれないと思う。

私は生涯童心を貫く

野口雨情

時流に抗した詩人の一生

この年になっても記憶に残っている歌が無数にある。

戦争中の軍歌から戦後の流行歌まで、なんと多くの歌詞とメロディーが頭に刻まれていることだろう。

それらの歌の数々のなかでも、ことにくっきりと心に残っているのが、童謡である。北《きた》原白秋《はらはくしゅう》、西條八十《さいじょうやそ》、そしてもっとも深く記憶の底に生きているのが、野口雨情《のぐちうじょう》の作品だ。

どちらかといえば体育会系で武徳会《ぶとくかい》の役員だった父親とは対照的に、私の母親はオルガンを弾いては童謡をうたうのが趣味だった。

なかでも、野口雨情の詞になるものが断然に多かった。

『シャボン玉』『青い眼の人形』『雨降りお月さん』『黄金虫《こがねむし》』『赤い靴』『七つの子』『証城寺《しょうじょうじ》の狸囃子《たぬきばやし》』『波浮《はぶ》の港』などなど。

『あの町この町』は、なんとなく恐ろしいような気配があり、怖いけれど忘れられない歌のひとつである。

野口雨情は、戦前あれだけの名作を書きながら、戦時中ひっそりと暮らしている。北原白秋や西條八十らが時流に乗って華々しく活躍したのとは大違いだ。

戦時中、軍部から軍歌を書くようにと言われた時の返事が「私は生涯童心を貫く」だったと、『野口雨情伝』（野口不二子著／講談社）は伝えている。

童謡の時代は、すでに遠くなったが、その志は今も生き続けていると思いたい。

歌は世につれ　世は歌につれ

ことわざ

『里の秋』の変転

『里の秋』は、敗戦の年、一九四五年の暮れに初めてＮＨＫラジオを通じて紹介された童謡である。

そのときの反響は絶大で、感銘を受けた人々が寄せる声で放送局の電話が鳴りやまなかったという（『詩歌と戦争　白秋と民衆、総力戦への「道」』中野敏男著／ＮＨＫブックス）。

私もこの歌は好きだ。まして外地引揚者を励ます歌として放送されたと聞くと、なおさらである。

戦後の荒廃した人の心には『里の秋』は広く、深くしみわたった。童謡としては例外的な大ヒット曲となり、いまも歌いつがれている名歌である。

しかし中野氏の『詩歌と戦争』によれば、この作品が書かれたのは、一九四一年十二月のことであるという。そのときの題名は『星月夜』であった。

一番と二番は戦後発表されたものと同じ抒情《じょじょう》的な歌詞だが、三番と四番は戦時色をおびた歌詞だった。当時の歌詞の三番と四番は次のとおりである。

三　きれいな　きれいな　椰子《やし》の島　しっかり　護ってくださいと
　ああ　父さんの　ご武運を　今夜もひとりで　祈ります

四　大きく　大きく　なったなら　兵隊さんだよ　うれしいな
　ねえ　母さんよ　僕だって　必ずお国を護ります

戦後、この三番と四番は改作され、多くの人々の心を癒やす名曲となった。

子どもの産声は悲しみに満ちている

小川洋子

命の底知れぬ深みに

これは何十年か前に「NHK・ETVスペシャル」という討論番組の中で、小川洋子さんが語られた言葉の一節である。産声というのは、生まれた生命を喜び、そのエネルギーを讃《たた》えた泣き声であって、それを聞いて親の私たちも喜びに打ち震えるのだと想像していたが、実は、子どもの産声は非常に悲しみに満ちていると感じられた、と小川さんは言っておられた。

「生命の誕生は決して死者とは無縁ではない、人間が宿命的に背負わされている、死にまつわる、せつなさのようなものを、赤ん坊の産声は表現していると感じられた」というのだ。自分が母親になられた時の実感であるから、その言葉には深いリアリティがある。

私はこれまでもくり返しシェークスピアの『リア王』のせりふを引用してきた。その劇の主人公は言う。

〈赤子の産声は、この滑稽《こっけい》な喜劇が演じられる人生という舞台、弱肉強食の修羅の巷であるこの世界に、自らの意志でなく押し出されてくる命の不安と恐怖の叫び声なのだ〉と。

劇中の台辞《だいじ》として受けとっていた言葉は、実は現実のものだったと、その時はじめて知ったような気がした。

人間が生まれてくるということは、そんなに単純なことではない。生命が持っている底知れない深みに手を浸《ひた》すような経験なのである。生と死がひとつのものであるということを、あらためて思わないではいられない。

詩歌は命をかけた遊びだ

塚本邦雄

歌の日は沈み、また昇る

すでに阿久悠《あくゆう》が世を去り、なかにし礼《れい》も亡くなった。歌謡界における柿本人麻呂《かきのもとのひとまろ》と山部赤人《やまべのあかひと》のような存在、と言っても過言ではない二人の作詞家である。

さらに筒美京平《つつみきょうへい》の不在を思うと、昭和・平成を彩った歌の世界がいま静かにたそがれを迎えつつあるような実感をおぼえないではいられない。

平安後期から鎌倉時代のはじめにかけて、一世を風靡したのが「今様《いまよう》」と呼ばれる巷の歌だった。「道をゆく男も女も首を振り振り今様を口ずさみつつ歩かぬ者なし」と言われたほどの流行ぶりだった。後白河法皇から風俗の世界の女性まで「今様」に熱狂した時代があったのである。しかし、不思議なことに、その「今様」もやがて百年を経ずして消えていく。歌の運命とは、そういうものなのだろうか。

歌謡界の二大スターだった両者は、ともに小説の世界にも進出し、それぞれ直木賞の候補になっている。一方は受賞を逸《いっ》し、一方は受賞した。阿久悠が受賞を逸したのは、それはそれで作詞家としての栄光かもしれない。

音楽にも造詣の深かった歌人、塚本邦雄《つかもとくにお》は、なかにし礼作詞の『恋の奴隷』にふれて、「ミスタンゲットの『モノーム』の本歌どり」と指摘したことがあった。わが国の歌の世界の伝統をふまえたものと評価したのである。

今様は消えても歌の流れは姿を変えて続いていく。しかし、過ぎ去った世界は帰ってはこない。コロナの時代にははたしてどんな歌が生まれるのだろうか。

喪失と悲嘆の記憶が力となる

島薗進

悲しい歌を共にうたうこと

グリーフケアという言葉も、ようやく私たちの身近なものになってきつつあるようだ。長年、グリーフケアの重要さを説き続けてきた宗教学の第一人者、島薗進《しまぞのすすむ》さんの『ともに悲嘆を生きる　グリーフケアの歴史と文化』（朝日選書）は、ハッとするような新鮮な指摘が随所に見られてとても刺激的だった。

その第六章に、悲しみを分かち合う「うた」という文章がある。小学唱歌や童謡が今なおうたわれていることに触れながら、世界各国の〈悲しい歌〉の喪失と復活について語った部分は、ことに興味深く感じられた。

人は悲嘆のさなかで、なぜ悲しい歌を口ずさむのだろうか。敗戦後の極寒の時代を、私自身、たしかに悲しい歌をうたうことで耐えてきた。引き揚げ船の中で、はじめて聞いた『リンゴの唄』に奇妙な違和感をおぼえた記憶がある。

しかし、一九七〇年あたりを節目にして、望郷とナショナリズムの色をたたえた悲哀の感情が、次第に変化していく。数々の大災害と地方の喪失は、幻想の悲しみをリアルに乗り越えはじめたのだ。

アニメーション映画『この世界の片隅に』には、かつての唱歌『故郷』にはない悲しみと怒りの反映があった、と著者は言う。

北原白秋や西條八十、そして野口雨情などの残したものを振り返りつつ、新しい「悲しみの歌」の登場を待ち続けているのは私だけだろうか。

叱るなら私を叱ってください　大竹しのぶ

この子にしてこの母親あり

大竹しのぶさんは卓抜なエッセイストである。朝日新聞に連載中のコラムを拾い読みして、いつも感心したり、うらやましく思ったりする。肩に力が入っていない。日常生活の些事《さじ》を書いているようで、人生の機微に触れているところがある。

その連載が一冊の本にまとまったエッセイ集のなかに、このエピソードが紹介されていた。

息子さんが担任の女の先生と、しばしば対立することがある。学校へ行きたくないという息子さんに、彼女はついこんなことを言ってしまったという。

「ねえ、女の人にはね、更年期というものがあるの」

すると彼は、その通りを作文に書いてしまったらしい。あげくのはてに「けれど、僕は先生の言うことがどうしても理解できない」と。

これは、やっぱりまずいだろう。案の定、しのぶさんは学校に呼び出されて、いろいろ言われた。あげくのはてに、ついに感情的になってしまった彼女は先生に向かって言う。

「そのように私が育てたのです。ですから全部私の責任です。叱るなら私を叱ってください」

息子も息子ならば、母親も母親だ。

しかし、こういう母親を持ちたかったとしみじみ思ったものだった。

ちなみに私の母親は女教師だった。更年期をどう過ごしていたのだろうと、懐かしく思う。

寂しい音楽からも力はもらえる

田中宏和

メジャーだけが前向きではない

故・五十嵐一《ひとし》は、「明治維新は短調でやってきた」と言った。

短調の音楽を弱々しく抒情的、長調のものを前向きで明るい、と思うのは明治以来の音楽教育近代化の遺物だろう。革命歌や軍歌に短調のものが少なくないのは、歴史的事実である。

私がイランに行ったとき、「ホメイニ師よ、こんにちは」という希望の歌、「パーレヴィーよ去れ」という反体制の歌は、ともにマイナーの曲だった。

ヨーロッパはかつて、成熟した大人の国であるオリエント社会の乳房を吸って育った文化圏である。東方世界に対する憧れと劣等感を克服する歩みがヨーロッパの近代化だった。長調の文化は、後進国欧州の独立宣言であり、短調への蔑視は今も根強く残っている。

しかし、それでもなお短調のメロディーは、民衆音楽のなかに色濃く存在し、絶えることがない。

わが国では明治の近代化以来、長調信仰が根づいて、いまでも短調は歌謡曲、演歌の世界と断定されている。

私は少年時代、外地で敗戦を迎えて極限的な難民生活を体験した。そこで皆が歌って耐えたのは、すべて短調の流行歌だった。どん底で耐える力を、それらの歌から汲みあげていたのである。

「悲しい時には悲しい歌を」というのが、私のモットーとなったのは、その時からだった。

第四章　何歳になっても進歩する

私もまだ成長し続けています

天野篤

人は何歳になっても進歩する

「天皇陛下の執刀医」といえば、ああ、あの先生かと誰でもがその名前を思い浮かべるだろう。順天堂大学医学部附属順天堂医院長の天野篤《あまのあつし》医師がその人である。

天野さんがある夕刊新聞に連載しておられる医療記事は同紙の呼びものである。内容が豊富で、しかもレベルが高い。それだけでなく読み物としての面白さも兼ね備えている。私も愛読者の一人だ。

主な内容は心臓病に関してであるが、その分野の劇的な進歩の様子は下手なドラマよりもはるかに興味深く、いつも新鮮な驚きを与えてくれる。エロとギャンブル満載の同紙を購入する読者の中には、この天野さんの記事に惹かれて手に取る人びとも少なくないのではあるまいか。

その連載をまとめた単行本の一冊が『100年を生きる』（セブン＆アイ出版）である。〈心臓との付き合い方〉について、素人にも理解できるように懇切丁寧《こんせつていねい》な説明がつづられており、ふだん心臓に関心のない私も、つい熟読翫味《じゅくどくがんみ》してしまった。

心臓外科医として頂点に立つと言っていい天野医師が、その本の中でふともらした一言が、この言葉である。五十代になった頃から、以前こだわっていた「ゲン担ぎ」も、最近は一切しなくなったのだそうだ。これは科学者としての自信だけではない。

自分の中にまだ「伸びしろ」を見いだす精神の若さと謙虚さが、この言葉に表れていると感じた。

やっぱり好奇心。それがなくなったらやめたほうがいい

奈良岡朋子

表現者としての根底にあるもの

私が頭があがらない大先輩が奈良岡朋子《ならおかともこ》さんである。

時代を代表する名女優であるとともに、見事に車を駆使する名ドライバーでもあった。

昭和という時代をしっかり踏んまえながら、平成、そして令和と第一線で活躍するエネルギーの背後には、人間存在に対する飽くなき好奇心がひそんでいる。

かつて演劇界にスタニスラフスキー旋風が吹き荒れた時代にも、奈良岡さんの演劇に対する視線は少しも揺らぐことはなかった。それは実在の人間に対する強い好奇心が演技の土台となっていたからだろう。

持続する志、という言葉を奈良岡朋子という女優の背後に感じるのは、私だけではあるまい。

芸術家だった父君の感性を受け継ぎながら戦後の演劇界を支えてきた歩みの背後には、少女の頃から持続する好奇心が息づいている。

人間、人生、社会、そして歴史に対する生き生きした好奇心は、修練や経験によって身につくものではない。みずみずしい好奇心は天与のものである。そして本来、すべての人の内側に存在するものだ。そして、それを放置するのではなく、意識的に育てていくことで輝きだす才能である。

奈良岡朋子というアーチストは、その好奇心を結晶にまで高めた希有な存在だろう。好奇心を失ったときには、いつでも仕事から降りる。

私自身そう覚悟しながら生きている。

ローマ人はあまり肉を食べなかった

塩野七生

戦争と平和の食物事情

塩野七生さんとローマで街を歩きながら対談したことがある。さまざまな遺跡や、静かなカフェなどを回りながら、録音を続けたのだ。一冊の本をつくるための企画だった。

そのなかで、ローマ人は魚は食べたが、肉はほとんど食べなかった、という話をきいた。

それはローマ人が移動する狩猟民族ではなかったことにあったらしい。肉しか食べないのは、戦争が絶えなかった証拠だというのである。

日本人が肉食でなかったのは、単に草食と肉食の文化の差ではなく、相当、長いあいだ平和だったことにある、と塩野さんは言う。

たしかに農耕というのは、一年あまりかけて栽培、収穫するわけだから、安全が保障されないと不可能である。

「ヨーロッパ中世のキリスト教徒たちが意外に肉を食べていたということは、敵が襲来したときに家畜なら連れて逃げることができる。畠《はたけ》の作物はそうはいかないでしょう」

なるほど。田や畠は連れて逃げるわけにはいかない。

ロシアに侵攻されたウクライナの小麦畠は、戦火にさらされて荒廃するだけだ。

最近、年寄りほど肉を食え、ということが力説されている。日本人が肉食に変わるということは、この国が激しい時代を迎えるということだろうか。

それにしても、戦争と平和が、食べものと深い関係にあるというのは、目からウロコの発想だった。

老父薬餌勝金丹《ろうふのやくじきんたんにまさる》

大窪詩仏

やっぱり朝からステーキか

最近、年寄りは肉を食え、と、あちこちでかまびすしい。「かまびすしい」とは、うるさく言われることである。漢字で書くと〈囂《かまびす》しい〉となる。とても憶えてはいられない。電子辞書で引いて、やっとみつけだした。

私は父親が国語の教師だったので、子供の頃から毎朝、詩吟《しぎん》をうたわされた。漢文は苦手だが、当時うたった詩《うた》は今もいくつか憶えている。ときどき口ずさむと、「お経ですか」と若い人に畏敬《いけい》の目でみられたりして恥ずかしい。

先日、書店で『江戸漢詩の情景　風雅と日常』（揖斐《いび》高《たかし》著／岩波新書）という本をみつけて買ってきた。一週間ほど毎日、眺めているが、まだ半分ほどしか読めていない。それほど中身のある優れた本である。こんな本が千円足らずで買えるのだから日本はすばらしい。円安とどまらぬ昨今、ドルに換算すると一体いくらになるのだろうか。

この新書のなかで、「人生のいろどり」という章に出てくるのが、この一節だ。江戸の漢詩人、大窪詩仏《おおくぼしぶつ》の作。

〈老父の薬餌　金丹に勝る〉と結ばれているが、詩友から贈られた近江牛に対して謝意をのべた詩だそうだ。

昔の日本人は優雅なものだったのだなあ、と思わずため息が出た。

先日、熊の肉を頂戴《ちょうだい》したので、この一節を拝借してお礼状を書いたのだが、〈金丹〉と書くべきところを〈金玉〉と書いたような気がする。嗚呼《ああ》。

一度も病気をしたことのない人間とはつきあうな

トルストイ

たしかにそうではあるけれど

私はこの数年来、脚が不自由になって悩んでいる。どうやら変形性股関節症というやつらしい。長年、酷使してきたため、関節の軟骨がすり減ってきたのだ。

自分が歩くことの不自由さを体験するようになって、世の中がかなりちがって見えるようになった。街を歩いている人たちのあいだに、なんと歩行困難な人びとの多いことか。

階段の横についているスロープを、以前は余計なサービスのように思っていたのだが、自分が脚の痛みを感じるようになって、その有難さがわかるようになった。階段の上り下りほど大変なものはないのである。

トルストイは貴族の出身で、大作家である。そういう立場の人は、おのずと他人の痛みに無感覚になりかねない。

それだけに、彼のこの言葉には痛みが感じられる。想像だけでは人の苦しみはわからないだろう。

貧しさとか、病気とか、不遇とか、すべてそういうものは人生の教師であると言っていい。背負ってみて、はじめてわかる重さというものが世の中にはあるのだ。

しかし、一方でかすかに聞こえてくる声もある。できることなら、そういう辛い思いをせずに生きていきたい。幼い頃から幸せに包まれて暮らしてきた人間の、おおらかさとか、和やかさとか、それはそれで得難いものだからだ。不幸は味わってみなければわからない。しかし周囲が病人ばかりというのも辛い。うまくいかないものである。

ちょっとだけ無理をする

八千草薫

マドンナの微笑の陰に

私たちの世代にとって八千草薫さんは、永遠のマドンナといっていい。宝塚に在籍のころは、ラインダンスの端っこのほうで脚をあげて踊ってらしたそうだ。

人を押しのけて前へでるという世界で、八千草さんはいつも半歩身を引いて控え目に生きている印象があったが、いまや堂々たる大スターである。

そんな八千草さんが、エッセイ集のなかでさりげなく書かれた言葉に、

「ちょっとだけ無理をする」

というのがあった。風に流されるというのではない。といって、風に抗して、というのでもない。自然体で生きるというのとも、少しちがう。「無理をする」ことは、よくないことだ。しかし、まったく気ままに暮らすのもどうか。

そこで「ちょっとだけ」という心持ちが生きてくる。「ちょっとだけ」なら、自分にもできそうだ。そうは思うものの、「ちょっとだけ」を何十年も持続させることは容易なことではあるまい。「やり過ぎ」か「やらない」かの両極端をくり返して生きてきた日々を、深く反省させられる言葉だった。

若いころ、「やり過ぎる位にやって、ちょうどいい所でとまるのだ」という『文芸講話』の中の文句に感心したことがあった。いまは「ちょっとだけ無理をする」という言い方のほうに共感する。

年をとるというのは、こういうことなのだろうか。

衰えていく、ということは有利な変化である

椎名誠

老いをポジティヴに考える

椎名誠さんには「永遠の青年」というイメージがある。
作家で、探検家で、いつも古びたジーンズをはいて、年を重ねてもほとんど体型が変わっていない。

しかし『ぼくがいま、死について思うこと』（新潮文庫）という本を読むと、なるほど、

こうやって人は変化していくのだな、と、あらためて感慨をおぼえずにはいられない。

この本の中で、椎名さんは自分の死について冷静に、そして深く考え続けてきた過程を率直に書きつづっている。

おもしろかったのは、〈若い頃より死の確率が減った〉という一章だ。

人はだれしも年老いていけば体力が落ちてくる。耐久力も衰えている。それは危ういことではない、むしろ「不慮《ふりよ》の死」の確率が減ることではないか、というのだ。

体力に自信のある時期は、無茶な冒険もするし、行動への過信もある。だが、老いの衰えを自覚することで生きることに慎重になり、健康にも配慮するようになってくる。日常生活のディテールにも目配りが行き届くようになるし、人間関係も深まっていく。

その変化をポジティヴに受けとめることで、老いと、その先の死への視線が変わる可能性を、穏やかに示唆する文章に共感した。

上昇するだけが運動ではない。低下していくこともまた一つのエネルギーなのだ。

老いについての新しい見方だと心強く思った。

風邪と下痢は体の大掃除

野口晴哉

風邪は万病のクスリ

「ゴホンといったら嬉《よろこ》べ」といったのは、整体思想家の野口晴哉《のぐちはるちか》である。「風邪を引くのは、その人の体のバランスが崩れているのを取りもどそうとする自然の働きだ」

下痢も同じ。だから上手に風邪を引かなければならない。こじらせて一週間以上も具合が悪いのは最悪である。すっと自然にパスすると、体調は風邪の前よりはるかに良くなっているはずだ、という。

風邪を引くのは、その人に自然な回復力がそなわっているからである。だから、

「風邪も引けないようなコチコチの体になってはいけない」

風邪ひとつ引いたことがない、と自慢する人は、突然、おとし穴に落ちこむおそれがある。すっと引いて、すんなり回復する、というのが理想である。上手に風邪を引き終えた後の爽快感は、なんともいえないというのだ。

その説に深く共感して、私は仕事に疲れたときには、つとめて風邪を引こうと試みた。しかし、引こうとして引けないのが風邪というもの。ゴホンといって、しめしめと嬉んでいたら空咳《からせき》で、がっかりすることも少なくない。

〈風邪は万病のもと〉

などといわれて、古来、目の敵にされてきた。しかし、頭痛や、風邪や、下痢などを完全に制圧する薬ができたら、人類は破滅するだろうといわれている。

熱がでるのも、腹をくだすのも、自然の応援である。風邪は万病のクスリなのだ、と思いたい。

痛みを猫かわいがりするのはいけない

柴田政彦

体の痛みは心の痛みである

この発言を目にしたとき、私は一瞬、ハッとしたことを憶えている。

これは大阪大学医学部附属病院で二十年以上も痛みの治療にあたってこられた柴田《しばた》政《まさ》彦《ひこ》教授の言葉である。

現在、慢性的な体の痛みを抱えて悩んでいる日本人は、二千数百万人にのぼるという。

私もその一人だ。四、五年前から左脚の痛みを扱いかねて、うんざりした気持ちで暮らしているのである。慢性的な痛みは、時として生きているのがいやになるほど厄介なものなのだ。

痛みと脳のはたらきとは密接な関係があるらしい。痛みが慢性化してくると、その痛みを治療することが生き甲斐みたいになってくる。痛みが生きている自分の確認のようにさえ感じられたりするのだ。

そのことについて柴田教授は、「痛みを猫かわいがりするような風土がよくない」と発言されていた。

私も自分の脚の痛みは、一種の心理的な代償行為ではないかと思っている。心の痛みを体の痛みにすりかえているのだ。深い心の痛みを背負って生きるより、身体的な痛みのほうが楽なのだろう。ある意味で体の痛みに依存しているのかもしれない。

いまの脚の痛みから解放されたとき、私ははたして心の痛みに耐えることができるだろうか。私もまた痛みを猫かわいがりして生きている人間の一人なのか、と思ったりするのである。

還暦以後が人生の後半だ

帯津良一

人生の黄金期は後半にあり

帯津良一《おびつりよういち》氏はホリスティック医学の第一人者として、数々の養生論を世に問うてこられたまさに現代の貝原益軒《かいばらえきけん》といっていい存在である。深い学識と経験を理論として述べるだけでなく、平易な言葉で人々に語りかける姿勢が益軒先生と重なるのだ。

これまで人生の後半といえば、おおむね五十歳以後を指すことが多かった。しかし、百歳人生が現実のものとなりつつある現代では、いささか早すぎる気がしていた。

帯津先生はあえて六十歳からが人生の後半期とすることを提案されている。たぶんご自身の体験からの発想にちがいない。体力、知力、酒量など、ほとんど衰えを知らず、女性の魅力についてもより深く味わえる佳き世代が六十代であるという。

「人生の楽しみは後半にあり」という思想が底流として流れている『養生訓』を、さらに現代風に読みかえて、「虚空《こくう》のいのち」を提案されている姿は、うらやましい限りだ。

ホリスティック医学の思想は、つまるところ病気の治療にとどまることなく、人生の味わいを深めていく哲学に根ざした理論のように思われる。

『十牛図《じゅうぎゅうず》』の最後の境地「入鄽垂手《にってんすいしゅ》」という場面は、酒びんを抱えた人物が、街頭で人ごみの中を歩いている図に終わる。「垂手」というのは、「なで肩で市井に生きる」ということの象徴だろう。私たちを力づけてくれる言葉もまた、医学の重要な技法なのだ。

認知症は終末期における適応の一様態と見なすことも可能である

大井玄

あなたはどちらを選びますか

私たちが恐れるものは数々ある。しかし人間関係は別として、がんと認知症に対する不安ほど大きいものはない。

人はなぜがんを恐れるか。たぶん、それは終末期の痛みに対する想像からだろう。穏やかに枯れるようにこの世を去ることができる幸運な人びとは、そう多くはない。壮絶な苦痛のなかで、のたうち回って死を迎えたくないとは、万人の切実な願望である。

一方で、認知症への恐怖も大きい。ちょっと物忘れしただけで、ボケが始まったのではないかと不安に駆られる。八十、九十は当たり前、百歳まで逝けない恐れも増えてきた当節だ。がんか、ボケか、どちらにしても逃れるすべはない。不安は加齢とともに大きくなるばかりである。

そんな時に、驚くべき言葉をきいた。現役の臨床医で、終末期医療の専門家である大《おお》井玄《いげん》さんの「恵みとしての認知症」という一文である（『病から詩がうまれる』朝日選書）。

大井玄さんはこの中の一章で、「認知症の救いには、がんの痛みと恐怖がないことがある」と書かれている。そして、医療現場での調査から、意外な事実を確認されたとして、そのことを淡々と述べておられる。

医療という科学の精神性について、これほど考えさせられた本はない。

がんと認知症への不安の質が変わった。人間の智をこえた世界の不思議さを、あらためて感じさせられた一冊だった。

不有博奕者乎。為之猶賢乎已

論語

賭《ギャンブル》けは脳を活性化する

「博奕《ばくゑき》ナル者有《ものあ》ラズヤ。之《これ》ヲ為《な》スハ、猶已《なおや》ムニ賢《まさ》レリ」と読むらしい。博奕とは、現代ではバクチ、ギャンブルのことだが、ここでは双六《すごろく》とか囲碁などの遊びのことだろう。もっとも双六は一般には賭けておこなう賭博性のつよいものだった。わが国でも平安時代、街頭双六などに人びとが熱中し、くり返し禁止令がだされている。

この言葉の前おきとして、飲み食いして一日中ごろごろしているようでは駄目だとなっている。無為《むい》のまま日を過ごすぐらいなら、遊びにのめりこんだほうがまだマシだとは、孔子先生も思いきったことをおっしゃったものだ。

私は若いころ麻雀に熱中し、三日三晩のマラソン麻雀などに日を送ったこともある。そのころ論語の中のこの言葉には大いに励まされるところがあった。

〈博奕ナル者有ラズヤ〉

最近、早期のアルツハイマー病のことが、しきりに話題になっている。早い人では四十代でその徴候がみられるらしい。病気がちで人様の介護をうけて過ごす晩年も辛いが、体だけが丈夫で頭がボケるのはもっといやだ。

なにもしないで日がな一日、悠々《ゆうゆう》と暮らすのは、ボケのはじまりである。囲碁、将棋、麻雀、チェス、なんでもいいが、やはり多少は賭ける要素がなくてはつまらない。競馬、競輪、ボートレースなど、小遣いの枠内でやるぶんにはさしつかえないだろう。「猶已ムニ賢レリ」とは、名言である。

> そうなった時の
> 医学（医療）の無力さを
> 知っているが故に何も行わない
>
> ヒポクラテス

君たちはどう死ぬのか

これは『死を生きた人びと』（小堀《こぼり》鷗《おう》一郎《いちろう》著／みすず書房）の中に紹介されているヒポクラテスの言葉である。

医学の父と呼ばれるヒポクラテスは、紀元前四六〇年頃のギリシャの医師で、「医聖」として尊敬されている。

世間によく知られている「ヒポクラテスの誓い」とは別に、このような言葉が遺されていることを私は初めて知った。

いわゆる終末医療に関しては、さまざまな意見が発言されている。「老い」と「孤独」が最近のジャーナリズムではもっぱら話題を集めているが、やがて大量死の時代がやってくることは目に見えている。その時になって大騒ぎしてもはじまらない。医師にも決断が必要なのだ。

「訪問診療医と355人の患者」という副題のついた小堀氏の本は、さまざまな具体例をもとに、独特のコラージュ的手法でこの問題と取り組んでいる。

「百年人生」といったところで、私たちはまちがいなく人生を退場しなければならない。しかし、実際に老いて死を目前にしている自分自身の意志を、周囲にどう伝えればいいのだろうか。「孤独死」というのは、実際には至難のわざであって、さまざまな人間関係の中で本人はほとんど無力であるのが現実だろう。

『君たちはどう生きるか』が話題を集めているなかで、『君たちはどう死ぬのか』を一人一人が問われているような気がしてならない。

真のユーモアは失敗を通して生まれる

アルフォンス・デーケン

ジョークとユーモアの違い

「人生百年時代」という景気のいい掛け声と裏腹に、「老い」と「死」の問題が大きな関心を集めている。

死について語り続け、「死生学」の創始者ともなった学者がアルフォンス・デーケン氏だ。

来日したばかりのころ、「サヨナラ」と「フジヤマ」しか日本語を知らなかったデーケンさんは、日本人の家庭に招待されたとき、コミュニケーションがとれないのではないかと大いに心配した。そのときアメリカ人の友人がこんなアドバイスをしてくれたという。

「心配しなくていいよ。三つのルールを守れば万事うまくいく。一、ニコニコする。二、ときどきうなずく。三、心から『ソウデスネ』と言う。これで大丈夫」

デーケンさんは、そのアドバイスを守って終始、笑顔で通し、ときどきうなずき、大事なところでは「ソウデスネ」と言った。すると、とてもうまくいったのだそうだ。

しかし、最後にその家の奥さんが「おそまつさまでした」と言ったとき、デーケンさんはニコニコして大きくうなずき、「ソウデスネ」と言った。奥さんは、ひどくびっくりした顔をしたという。

死と向き合うとき、ユーモアは大きな役割をはたす。ジョークとユーモアはちがうとデーケンさんは言う。そして真のユーモアは、たび重なる失敗を通して生まれてくるものだ、と説く。私たちもこんなふうに死を語れないものだろうか。

朝起きて調子いいから医者に行く

小坂安雄

百年人生の砂漠の慈雨

『シルバー川柳8』（ポプラ社）の冒頭に出てくる句である。

『シルバー川柳』は、全国有料老人ホーム協会とポプラ社編集部の共同編集による川柳作品のアンソロジーだが、私は第一巻の頃から欠かさず愛読してきた。

いまでも口を突いて出てくる傑作・迷作がいくつもある。一般からの応募作品から優れた句を選んだもので、『8』のものは十七回と十八回の応募であるらしい。〈歯磨きも三本なのですぐ終る〉（見辺千春作）とか、〈遺影だと言っているのにピースする〉（平山絹江作）など、思わず笑ってしまうのが川柳の魅力というものだろう。〈朝起きてこの世かあの世か確かめる〉（飯田昌久作）という作品には、なにかしみじみと考えさせられるところがあった。

年をとるということは、本当はじつに辛いことなのだが、そこを苦笑してやりすごすというのは日本人の智恵というべきだろう。

川柳はやはり五・七・五の昔ながらのリズムがいい。前衛川柳などというものがあるのかどうかは知らないが、定型に押しこめるからこそ面白いのだ。不自由から生じてくる自由というものもあるのではないか。

ともあれ、日々年を重ねていくうちに、自然にしかめっ面になっていくのが人間というものだ。そんな日常にポツンと一滴の水のように落ちてくる一句に、思わず笑いがこみあげてくる。次巻を楽しみに待っていよう。

古池や蛙《かわず》飛びこむ水の音

松尾芭蕉

俳聖の名句に思うこと

日本人なら誰でもが知っている芭蕉の代表作である。俳聖の句として、なんとなく神棚にそなえて礼拝するような有難い感じだ。

しかし、この句を何度となく口に出してとなえていると、ふと笑いがこみあげてくるような気配がないでもない。

まず、古池である。静寂のなかに、鈍色《にびいろ》の水面が無言の楽を奏でている。禅の境地にも通じる深遠な時間である。

永遠といってもいい時の流れに、心が研ぎすまされる一瞬。

と、そのときポチャンという俗音が静寂を破って――。

「なんだい、カワズか」

それまでの聖なる時間にとびこんでくるのは、一匹の蛙であった。

思わず笑いがこみあげてくる。現実暴露の悲哀ではなくて、むしろ失笑にちかい一瞬。聖が裏返って俗に還る。それをはたすのが一匹の蛙である。当時、この句を耳にした人びとは、思わず爆笑したのではあるまいか。

ブレヒトのいう異化作用がこの句のキモだろう。家柄がなんだよ、伝統がなんだよ、もったいぶった世界がなんだよ、と、この句は笑っている。滑稽味と諧謔《かいぎゃく》は俳諧の武器である。それを川柳に押しつけておいていいのだろうか。聖なる世界に芭蕉を閉じこめておくのは失礼というものだ。〈鳥啼《な》き魚の目は泪〉にしても、〈隣は何をする人ぞ〉にしても笑える。コロナの時代に生きたら、芭蕉はどんな句を作っただろうか。

誹りは信念の肥やしにする

高田好胤

正道を行くほど風当たりは強い

これはエッセイストの高田都耶子《つやこ》さんの回顧談のなかに出てくる好胤《こういん》師の言葉である。薬師寺復興の立役者であり、奈良仏教の代表者でもあった好胤師は、さまざまに世間の注目を集めた知名人でもあった。その活動の華々しさゆえに、好胤師に対する風当たりも少なくなかったようだ。年間十五万人の修学旅行生への説法や、写経ブームの仕掛け人としての活動を冷眼視する宗門人たちもいたらしい。観光案内坊主などという心ない悪口もあった。

しかし、国や財界だけに頼って寺院復興を企《くわだ》てるより、説法ひとつであの大事業を成し遂げたのは驚くべき偉業である。説法と問答がブッダの生涯だったことを考えると、まさに仏教者としての正道を歩んだ人と言ってよい。

私は師の生前に、一度だけ食事を共にする機会があった。

用意された割り箸を手にせず、懐中から自前の箸をとりだして用いられた。どれほどの木材が使い捨ての割り箸として浪費されているかを、無言で示されていたのだろう。そういう姿勢を陰で笑う口さがない輩《やから》も少なくなかったようだ。

しかし、それを承知で「人の誹《そし》りを行動のエネルギーに変える」道を一筋に歩んだ信念には感嘆せずにはいられない。信念を貫く人は、必ず多くの誹りを受けるものだ。悪口も言われないような生き方だけはするまいと、ひそかに思うことがある。

すべてを手放して
微笑みながら坐る座禅という
ものもあるのではないか　横田南嶺

座禅は人を自由にする

「和顔愛語《わげんあいご》」という言葉がこれほど似合う宗教家を私は知らない。

横田《よこた》南嶺《なんれい》師は臨済宗《りんざいしゅう》円覚寺《えんがくじ》派管長にして、花園大学の総長でいらっしゃる。はじめてお会いするときは、私もさすがに緊張した。

しかし、ひとことふたこと、言葉をかわしたとたんに、こちらのこわばりがたちまち氷解《ひょうかい》して、古い友人のような気分になってしまった。横田師が語られた言葉のなかで、こんなくだりがことに心に残った。

「全部手放してただ坐っていると、心の内から喜びが湧き上がってきたのです。それまで奥歯を嚙みしめて、険しい形相で座禅をしてきましたが、ニコニコと微笑みがこみ上げてきました。私はそこで、すべてを手放して微笑みながら坐る座禅というのもあるのではないかと発見しました」

私は長い間座禅というものに対して、いささか敬《けい》して遠ざける気持ちがあった。しかし、そのこわばりが溶けたのは、かつて中国で南華寺《なんかじ》を訪れたときのことだった。

南華寺は有名な慧能《えのう》の寺である。そこで座禅する僧たちの姿を見て仰天した。虫が寄ってくると無造作に手で払う。ときどき私語する僧もいる。やがてしんとした時間が過ぎると、三々五々、立ち上がって勝手に部屋を出ていく。

微笑みながら坐る。若い頃から厳しい修行をやりつくして、おだやかな表情で坐る境地に達した横田師の言葉に、禅の神髄を見たような気がしたものだった。

お坊さんは「ありがとう」とは言いません

中村元

礼を言わない自信とは

インドを旅した人で、物乞いの親子や、お坊さんに喜捨《きしゃ》をして、意外な感想をもたれたかたが少なくないようだ。

「あれ？」という気になってしまうらしい。

そもそも布施というのは、功徳《くどく》を積むことである。だから礼を言わなくてはならないのは、喜捨する方なのだ。

托鉢をするお坊さんは、何も言わずに黙って立っている。信徒はひざまずいて手を合わせる。托鉢をうけた僧は、会釈ひとつしないで無言で立ち去っていく。団体旅行のバスの中で、

「せめて、うなずくぐらいはしてもいいんじゃないのよ。ねえ、あんまりだと思わない？」

と、しきりにぼやいているご婦人がいらした。無言で立っている貧しい母子に、遠慮がちになにがしかのお金を渡したところ、相手はニコリともせずに受け取って去っていったというのだ。

まあ、その気持ちもわからぬではない。しかし、仏教の常識というものは、本来そうなのだ。むしろ、こちらの方が手を合わせて感謝しなければならないのである。

「ありがとう」と言わないのは、仏教者の自信だろう。働かずに生きるからには、それなりの覚悟がいる。僧としての生き方が、世俗の人びとの大きな助けになっていると思わなければ、礼を言わないではすまされない。

「ありがとう」と言わないところに、お坊さんの有難味《ありがたみ》があるような気がする。

自分という存在は、どこまでも天地にただ一人

篠田桃紅

非常識でも一向にかまわない

『一〇三歳になってわかったこと』(篠田桃紅《とうこう》著/幻冬舎)という刺激的な題名につられて読んだ本の中の言葉である。

百歳をこえた高齢者がめずらしくなくなった昨今、八十、九十はハナタレ小僧みたいな感じになってきた。

それにしても、人間、百歳をこえると、一体どんな世界が見えてくるのだろうか。ドキドキしながらページをめくっているうちに、なんとなく安心感がわいてきた。どうやら「未知との遭遇」みたいな世界は、百歳をこえてもないらしい。平凡で穏やかな言葉の連なりの中にこそ、真理はあるのだ、と、あらためて思う。

「手垢のついた表現」などという言葉があって、批判的に用いられる場合が多い。しかし私は逆の考えをもっていた。

民芸品などもそうだが、手垢がつく位に長く日常の具として使われているということは、じつは大したことではないのか。「急がば回れ」などという月並みな文句の重さをしみじみと感じるようになったのは、つい最近のことである。もし年をとることによって見えてくるものがあるとすれば、月並みな言葉の深さを自然に納得できるようになったことぐらいだろう。

〈天上天下唯我独尊《てんじょうてんげゆいがどくそん》〉という言葉は、この地上にたった一人の個性をもって生まれたからこそ尊い、ということだと考える。あらゆる情報の渦の中で、自分はただ一人の自分、と割り切って生きる。それしかない。世間の常識など関係ないのである。

第五章　それでも扉を叩く

人のふり見てわがふり直せ

ことわざ

自分を美化する心の働き

うぬぼれ鏡、という言葉がある。

私はつい先ごろまで、この言葉を勝手に解釈していた。要するに自分を映す鏡を眺めて、その像を自分中心により良く見てしまう心の動きを指すのだとばかり考えていたのである。

人は自分を客観視できない。必ずひいき目で見てしまう。それが人間の性だ、と解釈していたのだ。

ところが、先日、たまたまある辞書を引いてみて仰天した。

古い鏡、和鏡に対して、ガラスに水銀を塗った新しい鏡が登場し、これまでと全くちがう美しい画像を反映する。

その素敵な鏡に見惚れて、常に鏡を持ち歩き、折にふれて自分の顔を鏡に映して満足する、そういう携帯鏡のこと、またはそれを常時くり返して眺めるナルシストの心を〈うぬぼれ鏡〉と言うのだ、という解説だった。

自分の顔がみとれるほどに美しく映るものなら、それにうっとりとみとれてしまう場合があっても、少しも不自然ではない。しかし、鏡に映った自分の姿を、無意識に修正し、より美しく眺めるのも人間の心である。

人は自分を客観視できない。どんな人でも自己を美化する心の働きはあるものだ。〈うぬぼれ鏡〉という表現は、使い方がむずかしい。文章を書いて、うまく書けたと思ったとき、それも〈うぬぼれ鏡〉かもしれないのだから。

君子豹変す

ことわざ

えっ、と驚く本来の意味

俗に豹変《ひょうへん》とは、上役の顔色を見て、たちまち態度を変えるようなオポチュニストを言う場合が多い。頑固一徹《がんこいってつ》では世の中は渡っていけないと割り切った人間が、言い訳に用いたりする言葉である。

「ほら、君子はナントカと言うだろ。それが世の中ってものさ」

などと、飲み屋で愚痴っている感じだ。しかし、本来の意味はそうではないらしい。むしろ逆の表現であるという。

豹の体の斑点がはっきりしているように、まともな人間はますます自分の立場をはっきりさせていく。これに対して駄目な人物はちょっと見は豹らしく振る舞うが、次第に正体がぼやけてきて曖昧に行動する。

豹として自信をもって生きる人間を賞揚《しょうよう》し、正体不明のどっちつかずの半端者《はんぱもの》を批判する言葉らしいのだ。

私もこれまで、ドタン場でがらりと立場を変える人物に対して批判的な表現として使っていた。

「あの野郎、これまでこっちの味方のような顔してたくせに、最後に敵方に回りやがって。それでいて、君子は豹変す、とかぬかしおって許せん！」

などと歯ぎしりしたものだった。

本来の「変」は、変わるのではなくて、ますます旗幟鮮明《きしせんめい》になっていくことなのだろう。

言葉は生きもの、とはいうものの、時とともにずいぶん変化して使われていくものだ。

陰徳あれば必ず陽報あり

淮南子《えなんじ》

必ずそうとは限らないが

人に知られず良い事をするというのは、簡単なようで、なかなか難しいことである。陰ながら他人のために力をつくす、そのことが人に知られずに埋もれてしまうのは、誰しも残念に思うのではあるまいか。

べつに改めて感謝されたいわけではない。しかし、相手がまったくその好意に気づいていないというのも気になるのが人間というものだ。

しかし、そうだからといって、その事をあらためて伝えたりするのも、恩を売るような感じで、なかなかできることではない。ひょっとして、いつか気づいてくれないかな、と、心にモヤモヤした思いを抱えたまま月日が過ぎていく。

昔から〈陰徳《いんとく》あれば必ず陽報《ようほう》あり〉というではないか。そのうちきっと何か良いことがあるはずだ、と期待していても、どうもそれらしき良事はない。

そもそも、必ず、というところが怪しいのだ。そこを強調するからおかしな事になってしまう。

〈陰徳あればまれに陽報あり〉とでもすればなんとなく穏やかな気分でいられるのではあるまいか。

人というのは勝手なものだ。何かをするとその代価を求める卑しい気持ちをおさえることができない。〈陰徳に陽報なし〉とでもすれば、いっそ気持ちが楽になりそうだ。などと、何の陰徳も積まずに考えたりする。

口に蜜あり　腹に剣あり

十八史略

強者は甘言を必要とする

強者はだれでも甘言《かんげん》を好む。

それはおのれが偽物であることを知っているからである。阿諛追従《あゆついしょう》をしりぞけ、直言《ちょくげん》諫言《かんげん》をよしとするのは、思いあがった自信家にすぎない。

歴史上の英雄は、常に周囲にお囃子衆《はやししゅう》を置いた。自虐の傷を嘗《な》めさせるためである。

蜜のように甘い言葉を、蜜としておのれの悪を中和し、腹に剣ある追従に内面の傷を癒やす。

みずからを善人と思い、強者と自覚している凡人には、取り巻きはいらない。乱世の英雄は、みずから自分に直言する勇気の持ち主だったのである。

おのれを断罪する鋭利な精神は、それを中和する愚かな蜜言を必要とした。

英雄色を好む、とはその一面をさす言葉にすぎない。英雄は常に甘言を弄する従臣を身近にはべらせた。腹に剣ある者の甘言を必要としたのだ。

だが、時として隙を見せるのが英雄の英雄たるゆえんである。軽薄才子《けいはくさいし》とみくびっていた者の剣に貫かれることがあるのも、英雄の宿命だろう。

人は甘言を好む。英雄であろうとなかろうと、そうなのだ。腹中剣をのむとわかっていれば、なおさら甘美なのが世辞《せじ》追従というものである。

両者の緊張関係のなかに歴史のドラマは展開した。それは現代といえども変わらない。

文字は汲汲《きゅうきゅう》として看《み》るべし
悠悠たるは得からず

朱子

読書のスタイルもいろいろ

読書論が流行である。そのほとんどが良書名作をじっくり精読することをすすめている。一言一句を噛みしめて読んでこそ、読書が役に立つのだ、という意見だ。

しかし、それとは逆に、本はガツガツ読めという速読のすすめもある。のんびり悠々と読んでいてはだめだというのである。

さっさと早く読むことで全体の展望が見えてくる。

人生は短く、読むべき本は多い。「悠悠たるは得《よ》からず」とは、逆説のようにきこえるが、意外にも正論かもしれない。

一冊の本に向きあうのは、真剣勝負のようなものだ。じっくりゆっくり、相手を吟味《ぎんみ》しているひまなどない。切迫の気合で文章に接する必要がある。縁があれば、いつかまたその一冊を手にすることもあるのではないか。

これは仏教でいう「時機相応《じきそうおう》」の本の読み方とも考えられる。泰平《たいへい》の時代には泰平の、乱世には乱世の書に対する接し方がある、と教えているのかもしれない。

私はせっかちな人間なので、ドストエフスキーなどを読んでいて、わからない場面に出くわすと、そこはすっ飛ばして先へ進むような雑な読み方をしてきた。おかげで長い作品でも途中で挫折することなく最後まで読み通すことができた。

そんな事では本を読んだことにはならない、という批判は承知で活字と接している。しかし人生五十年、いや、百年ともなれば考え方を変えなければならないのかも。

教科書に書いてあることも疑うことが必要だ

本庶佑

剛速球エースの登板

ノーベル医学・生理学賞を受賞した本庶佑《ほんじよたすく》氏は、相当にキャラの立った先生である。古武士のような風格もさることながら、ジャーナリズムにとりあげられる発言にも、すこぶるエッジの効いた表現があって刺激的だ。

「ネイチャーとかサイエンスとかいった国際的な科学誌に出ている発表の九割はウソ」

などという言葉も、あながちフェイク・ニュースでもなさそうである。「教科書を疑え」という提言も、まことに科学者として正しい意見だと共感させられた。故・多田富雄の言葉に、

「三年前の教科書は、もう通用しない」

というのがあったが、医学の世界は文字どおり日進月歩の修羅場なのだ。それほど急激に進歩しつつあるということだろう。

夫人と肩を並べずに、三歩どころか五、六歩先を悠然と歩く姿がテレビに流れていたが、その映像を見て、ひそかに快哉《かいさい》を叫ぶ古い男たちも少なからずいたらしい。

一方で阪神タイガースを語るときの好好爺《こうこうや》ぶりに、愛すべき人間味を見てとった人びとも多かったようだ。

ノーベル賞を受賞すると、世間は国民的お手本というか、模範的な人格者を期待しがちなものだが、本庶先生にはどこまでも剛毅な直言居士《こじ》でいてほしいと願わずにはいられない。それにしても、なぜ京大ばかりが、と、つい思ってしまう人も多いのではあるまいか。

質屋へ向かう足は蹟く

不肖・自作

書けない漢字が多すぎる

読めるが書けない文字がごまんとある。

たいていの漢字は読めるのだが、いざ正確に書いてごらん、と言われればお手あげだ。その理由の一つは、原稿用紙に書きなぐっても編集者が判読してくれるからである。崩し字めかして適当に走り書きすれば、それがちゃんと活字になるのだから困ってしまう。

結局、字のイメージだけで文章をつづり、正確な漢字をマスターしないまま月日は過ぎてゆくのである。

歌はうたえるが「燦燦《さんさん》」という字が書けない。「咄嗟《とっさ》」という字が、とっさには出てこない。「髭男《ひげだん》」の「髭」が自信がない。「シワ」という字が思い出せない。クシャクシャと書いておけば、「皺」と判読してくれるだろうか。「石鹼《せっけん》」の「鹼」が出てこない。「一瞥《べつ》」の「瞥」はどう書くのか。

語呂合わせで漢字をおぼえる本を買ってきて練習したが、いま一つだ。アイデアは面白いのだが、リズムが物足りないのである。やはり五七五、七七、または七五のリズムが身にしみついているのだろう。それを逆手にとるしかないと覚悟をきめた。

「躓《つまず》く」という字は、足と質からできている。学生時代に新宿の質屋《しちや》へ通ったことを思い出した。サラ金などなかった時代だ。

〈質屋へ向かう足は躓く〉というのはどうか。

さて、これで記憶できるかどうかは、まだわからない。

人にして人を毛嫌いするなかれ

福澤諭吉

「足角力《あしずもう》のすすめ」とは

『学問のすすめ』は、あまりにも有名だが、福澤諭吉は学問以外にも、いろんなことをすすめている。

〈人にして人を毛嫌いするなかれ〉とは、第十七編「人望論」の結びの言葉だ。諭吉がここですすめているのは、いわゆる社交についてである。

〈旧友を忘れざるのみならず、兼ねてまた新友《しんゆう》を求めざるべからず〉という。「親友」ではなくて、「新友」というあたりがおもしろい。

十人の人と会って一人の友をうるならば、二十人と会えば二人の新友を得ることもあるではないか、というのである。明治人がお手本としたのは、欧米の文化である。それは社交ということを重視する。日本人の気質はそうではない。私も性格的に人見知りするほうで、パーティなどもほとんど失礼してきた。新しい知り合いが苦手なのだ。

しかし諭吉はこう力説する。

〈今日世間に知己朋友《ちきほうゆう》の多きは差し向きの便利に非《あら》ずや。（中略）人類多しと雖《いえ》ども鬼にも非ず蛇《じゃ》にも非ず、（中略）恐れ憚《はばか》るところなく、心事を丸出しにして颯々《さつさつ》と応接すべし〉と。

さらにこう続ける。〈共に会食するもよし、茶を飲むもよし、なお下りて筋骨の丈夫なる者は腕押し、枕引き、足角力も一席の興として交際の一助たるべし〉

これをして「人学問《ひとがくもん》」というべきか。

盤をはさめば十五歳でも同じ棋士

深浦康市九段

現代社会の縮図

「負けました」

羽生善治竜王が藤井聡太五段（当時）に敗れたときの言葉である。

棋士の世界は厳しいものだ。負けたときに、この言葉を発しなければならないというのは、なんとなく残酷な感じがしないでもない。勝負に敗れた上に、さらにそれを再確認する儀式だからである。

天下の羽生善治でさえも、屈したときはこの言葉で勝負を締めくくらなければならないのだ。深浦康市《ふかうらこういち》九段は、藤井少年と対戦したとき、相手がわが子と同じ中学生だと思った瞬間、ふと現実に引きもどされるような気がしたという。

しかし、盤をはさめば十五歳であろうが何であろうが同じ棋士、と心をとり直して勝負を続けた。結局、執念の逆転勝ちをおさめるのだが、相手を十五歳と考えたら勝負の行方はわからなかった。

「若いときの経験値は、必ずしも有利ではない。コンピューターのソフト自体が今は強化され、より実戦的なものになっているからだ」

少年であれ、大ベテランであれ、盤面の勝負は対等である。敗れれば一礼して、「負けました」と言う。この残酷さというか、潔さというか、そこに将棋の世界の魅力があるのかもしれない。

名声も、過去の経験も関係ない勝負の世界は、現代のすべての状況の象徴だろう。「負けました」の一言にこもるものは重い。

吾いまだ木鶏たり得ず

双葉山

ゴシップにも深みがあった

木鶏《もっけい》とは木彫りのニワトリのことである。

中国では古くから闘鶏を楽しむならわしがあった。

本当に強い鶏は、闘志に燃える鶏ではない。見るからに猛々しい強そうな鶏でもない。まるで木彫りの鶏であるかのごとく、相手に挑発されても黙々と佇立するのみ。あたかも木彫りの鶏のごとく、勝敗を超越した無心の境地を示していてこそ真の強者なのだという。『荘子』達生篇にでてくる勝負師の教えとして有名な話だ。

剣法であれ、碁、将棋であれ、ボクシング、プロ野球であれ、すべて古今の名手はその風格をそなえているという。闘志あふれる姿より、無心の境地にあってこそ無敵の達人と言えるだろう。

世間によく知られているエピソードに、昭和の大横綱とうたわれた双葉山《ふたばやま》にまつわる逸話がある。

双葉山は強かった。昭和十四年の初場所では、連勝の記録は六十九に達し、百連勝も期待されるスーパー横綱だった。ところが、その七十連勝をかけた相撲で安藝ノ海に敗れるという意外なドラマが発生した。列島がファンのため息で揺れたとさえ語られている。双葉山は、翌日も、さらに次の日も連敗した。そのおり双葉山が後援者に打った電文が、

「ワレイマダモツケイタリエズ」

だったという。昔の横綱は大したものだったとつくづく思う。

かぶってましたか？

泉鏡花

ものは言いよう

ある若い文学者が泉鏡花の自宅を訪ねた。先生にお目にかかりたいのですが、と二階からトントンと降りてきた婦人に頼むと、やがて、どうぞ、と二階の部屋に案内された。実際に見る泉鏡花は、まるで芸人のような派手な着物姿だった。おずおずと挨拶して、先日、先生原作の芝居を拝見いたしました、と言うと、

「かぶってましたか」

と、いうのが第一声だった。あわてて、

「はい、大変な入りで」

と応じると、ほっとしたように

「それはよかった」

と、うれしそうにうなずき、それから話がとてもスムーズに運んだという。

かぶるとは、劇場に客が沢山はいっている、という意味らしい。

芝居の感想をきくのではなく、観客の入りを気にするところが鏡花らしくて、いい話だ。

昔、きいた話だが、石川淳さんの編集担当者が、新刊を持って挨拶にうかがった。

「いい本が出来たじゃないか。ありがとう」

というような反応を予想していた編集者に、石川さんはひと言、

「で、さばけてますか」

と、きいたという。売れ行きはどうか、という質問だが、すこぶる粋な感じである。ものは言いようだな、と、納得したものだった。

選考委員は賞をもらえないの？

瀬戸内寂聴

幼児のような淋しそうな顔

瀬戸内寂聴さんが亡くなられて、あらためてその反響が大きいことに驚く。

瀬戸内さんが出家得度されたのは、五十年ほど前のことだった。その頃、私は金沢に住み、泉鏡花文学賞という新しい賞の創設に奔走していた。なにしろ有力な新聞社や出版社のうしろ盾も何もなく、市と市民有志の熱意だけで一からつくりあげようという計画だけに、問題が山積みだったのだ。

いちばん苦労したのは、選考委員をつとめてもらう作家・評論家をどう揃えるかという事だった。最初に相談した有名批評家Mさんには一蹴されて、これは諦めるしかないな、と思いかけているときに、瀬戸内さんと会った。

「諦めちゃ駄目よ。わたしもお手伝いするわ。わたし鏡花が大好きだから」

と、瀬戸内さんは言った。それからいろんな先輩たちの協力もえて、ささやかな地方文学賞がスタートした。井上靖、吉行淳之介、三浦哲郎、奥野健男、尾崎秀樹、森山啓、そして瀬戸内さんと私、というのが創設当時のメンバーである。

その日から半世紀あまりの歳月が過ぎた。鏡花賞は今年（二〇二二）で五十周年を迎えた。瀬戸内さんは十五年間、ずっと選考委員をつとめてくれた。

「選考委員は、この賞はもらえないの？」と一度きかれたことがある。「もらえません」と答えたら「そうか」と、淋しそうな顔をした。

その表情は幼児のようだった。合掌。

苦手な人を必ず仲間に加えておく

石岡瑛子

常に対抗する力を求める自信

石岡瑛子さんは、戦後のこの国が生んだ偉大なクリエーターの一人である。子供の頃の彼女の宝物は、輸入品のハーシイのチョコレートだった。その中身ではなく、包装紙のデザインに魅せられて、アイロンでしわを伸ばして大事に机の引き出しにしまっておいたという。

ときどきそれを取り出して、うっとりと眺めるのが至福の時間だった。文字のレイアウト、色調、商品としてのデザインに魅入られたのである。

長じてグラフィック・デザイナーとなるのは、運命だったのだろう。最初は広告をつくり、彼女の発表したパルコの広告は、文字通り一世を風靡したものである。糸井重里さんのコピー「おいしい生活」とともに、戦後の新しいカルチュアの旗印となった。

その後、グラフィック・デザインだけでなく、舞台美術、写真、映像、と、あらゆる分野に石岡瑛子の美意識が氾濫した。演劇の寺山修司、唐十郎、美術の横尾忠則などと肩を並べて時代の潮流を形づくったのである。

やがてアメリカに渡り、映像作品に取り組む。そのとき、ディレクターとしてスタッフを組織するときのモットーが、「苦手な人を必ず加えておく」というものだった。気の合った同士で仕事をするのは楽しい。だが、創造の現場は常に戦場である。あえて対抗する人間を仲間に求めるというのは、捨て身の覚悟が必要だ。不在が惜しまれてならない。

仏教では「自利利他」といいますけど、私は「利他自利」だと思う

稲盛和夫

自利が先か、利他が先かの問題

稲盛和夫さんが亡くなられて、この国の経済界にポッカリ穴があいたような感じがする。稲盛さんとは対談集を一冊だしたことが御縁で、その後も何度かお会いすることがあったのだ。

かなり以前のことだが、「五木さんは、長渕剛という歌い手さんを知っていますか」

と、きかれたことがある。

「知ってますとも。外国でも彼の歌を聴くくらい有名なシンガーですから」

「いや、先日、その彼が会社を訪ねてきましてね。私と同郷だという。こんど鹿児島で大きなコンサートをやるとかで――」

その話のあと、寺で修行された話になって、〈自利利他《じりりた》〉の話題になったのだ。

仏教では〈自利利他〉というが、どちらが先か、というのは私も疑問に思っていた。〈自利利他一如〉と言ってしまえば、話はそれで終わってしまう。

「わたしは〈利他〉から入るしかないと思っているのです」

と、稲盛さんは言われた。たてまえではなく、実感のこもった口調だった。川ぞいのしもたやふうのお座敷で、老妓と舞妓さんのいる場での会話だったが、少しも場違いな感じがしなかったのは人徳というものだったろう。

最近、〈利他〉という言葉をよく耳にするようになって、あらためて稲盛和夫という人の感性の鋭さを感ぜずにはいられない。

完成した作品は、その時から亡びが始まってゆく

黒川紀章

建てては壊し、壊しては建て

東京・銀座の一角に異様な建築物があった。

一九七〇年代はじめに完成した〈中銀《なかぎん》カプセルタワービル〉である。

四角いサイコロを積んだようなそのデザインは、完成当時、大きな話題を呼んだ記憶がある。

当時もっとも前衛的な建築家と目されていた故・黒川紀章《くろかわきしょう》氏の設計によるそのビルは、メタボリズムの実験的作品と称されて、さまざまな論議を呼びおこしたのだ。カプセルをランダムに積み重ねたようなその構造は、異様でもあり、すこぶる新鮮なイメージでもあった。将来は解体しつつ建て替えるという、生成する建築というコンセプトは、東京の未来空間の出発点となるかもしれないという、予感をはらんだモニュメントでもあったのだ。

そのビルが近く解体され、違う建築物に建て替えられるというニュースが伝えられた。黒川氏との対談で、彼はこんなことを私に述懐していた。

〈(中略) われわれの場合、完成した作品は、その時から亡《ほろ》びが始まってゆくという恐怖感があるのです〉

生成しつつ生き続けていくはずだった建築物も、この国では数十年で姿を消していく。優れた建築家の作品が次々と新しいビルに建て替えられていく様子を眺めていると、複雑な感慨をおぼえずにはいられない。それは風土のせいなのか、民族性なのか、判断に苦しむところがある。

誰かが武器を売り続ける限り戦争は続く

ローレン・バコール

ひとりのアメリカ人として

一九五〇年代、私が大学生だった頃は映画館が若者のパラダイスだった。私が憧れたのは、フランソワーズ・アルヌールとジャンヌ・モロー、アメリカの女優ではローレン・バコールだった。

ハンフリー・ボガートのヨメさん、ということもあって、妖しげな悪女、という印象だったのである。

あるとき、雑誌の取材で来日した彼女にインタヴューをする機会があった。

あなたのルーツはどこですか、という私の質問に対して、彼女はこう答えた。

「父はポーランド人です。そして母のほうがルーマニアとロシア。そしてフランスの血も入っています。そのほかにも、かなり混乱したいろんな民族の血がね」

そして一九四七年の非米活動委員会の驚くべき弾圧に全米が震えあがった「赤狩り」の時代のことを話しだした。

「わたしたちは〈憲法修正第一条委員会〉というグループをつくって、抗議したのです。彼らはフェアでないし、明らかにまちがっている。アメリカで個人の権利が侵害されている、と感じたからです。それでガーシュインの家に集まって語り合うことにしました。そして抗議のためにワシントンに行ったのです」

スクリーンで見る華麗な悪女、というイメージとは、まったく別な女性がそこにいると感じた。その時、彼女が言ったことの一つが、この言葉だった。

人生は散文ではない

鎌田東二

人も歩けば何かに当たる

鎌田東二さんは学者である。それと同時に修行者でもあり、また音楽家でもある。自分でギターを弾いて歌をうたったりもする。

鎌田さんの思想の土台は神道なので、それをもじって「シントー・ソングライター」と称していた時代もあった。

この言葉は、恐山の菩提寺院代であり、思想家でもある南直哉《みなみじきさい》さんとの対話集『死と生　恐山至高対談』（東京堂出版）のなかで鎌田さんが呟いたひと言だ。

人生には、ガーンとくる瞬間というものがある。思わずボルテージの上がる瞬間がある。そういうものをバチッと受け止めてかたちにするのが詩である。

そんな鎌田さんの言葉を受けて、南さんは「固定した文法で裁くな！」と応じる。こういう生き生きした対話には、すぐれた能の舞台を観ているような感覚があって、思わず引きこまれてしまうのだ。

実際には私たちはすこぶる散文的な日々を送っている。しかし、どんな平凡な日常にも一瞬の揺らぎはある。問題は、それを目をそらして見すごすか、覚悟を決めてバシッと受け止めるかだ。

〈犬も歩けば棒に当たる〉という。人が歩いていて何かに突き当たるのは当然だろう。そんなときに器用に身をそらせてよけるだけが人生ではない。やってくるものには避けずに当たることだ。当たることで何が起こるかはわからない。人生は散文ではないのである。

人間のこそばいところは変わらへんのや

桂枝雀

宗教と芸能の微妙な関係

これは、宗教学者でお寺の住職でもある釈徹宗《しゃくてっしゅう》さんから教えていただいたエピソードの中の言葉である。

関西の落語家である桂枝雀《かつらしじゃく》は、古典落語を演じて、常に大爆笑を呼んでいたという。ある時お弟子さんが、「どうして師匠はあんな古い時代の話で現代人を笑わせることができるんですか」と尋ねた。すると枝雀師は、こう答えたのだそうだ。

「あんな、ええこと教えたる。人間のこそばいところは、今も昔も変わらへんのや」と。

こ、そ、ば、い、とこ、という表現がじつに関西的でおもしろい。これを「人情の機微」とか「笑いのツボ」とか言ったのでは、ちょっと白けるところがある。

釈徹宗さんの話は、そこから展開して、「人間の宗教的な琴線は今も昔も変わらない」というところへつながっていく。見事な専門家の技術である。

こそばゆいところに共振現象が起きなければ、どんな有難い話をしても人々の心に届かない。死を語っても聴き手を笑わせる「芸能のチカラ」が大事なのではないか、というのだ。

ろくでもない坊さんや、宗派のいざこざを揶揄《やゆ》して本堂を笑いの渦にした僧侶がいたという。落語の祖といわれた安楽庵策伝《あんらくあんさくでん》という人が、そうだ。

「宗教を侮蔑するのではなく、軽妙に笑う感性が大切である」という釈師の説に、大いに共感するところがあった。

命あり 今年の桜 身にしみて

立松和平

あと何度、とふと思う

立松和平さんとは、細く長いつきあいだった。

彼がまだ早稲田の学生だった頃、「ワッペイちゃん」と気軽に呼んでいたのである。のちに作家として活躍するようになってからも、若い頃と同じような感覚で接していた。

いつもどこかへ旅していて、会う時はその帰りがけというようなことが多かった。

一緒に講演をする予定だったのが、彼が一時間以上もおくれて着いて、そのために私が延々と時間をつないだこともある。そんな時でも、

「いやー、すみませーん」

と、ニコニコしながら謝られると、文句を言う気もしなくなってくる。立松さんのお人柄というものだろう。

そんな立松さんが俳句をやっていたとは知らなかった。彼の死後、追悼の小冊子が作られて、そこでこの句が紹介されていたのである。

なんでも命にかかわる大手術を受けて、どうにか無事に帰還した直後の句会で披露された句らしい。

作品のよしあしは私にはわからないが、春風に吹かれているような風貌の背後に、いつも死を意識した世界を背おっていたのだな、とあらためて感じさせられた。

人が花を見るのは、自分の内側をみつめることだ。桜は今年も咲いた。来年の桜を、はたして見ることができるのだろうか。

あと何度、とふと思う。

郵便配達とか、線路の保全とか、そんな仕事がしたかった

阿佐田哲也

雀聖のためいき

阿佐田哲也《あさだてつや》、こと色川武大《いろかわたけひろ》さんが旅の途中で、ふともらした言葉である。

北海道のどこまでも続く直線道路を車で走っているとき、窓の外を眺めていた阿佐田さんが「ぼくはね、本当は郵便配達とか、線路の保全とか、そんなじかに人の役に立つような仕事がしたかったんだ」と、つぶやいたことを妙にはっきりと憶えている。

当時、阿佐田さんはマスコミで雀聖としてもてはやされていた。麻雀の神様という扱いだったのである。

色川武大として玄人好みの小説を書いていた彼は、どうしても雀聖の面でクローズアップされることが多く、ご本人はそのことに索然たる思いを抱いていたのかもしれない。たしかに直接、世のため人のためになるシンプルな仕事というものへの憧れは、私の中にもあった。しかし、実際にはそんな世界も端で見るほど単純なものでもあるまい。

「阿佐田さん、そんなこと言うけど、実際には組合とか何とか大変なこともいろいろあるかもしれないんだよ」

と、私が水をさすと、阿佐田さんはうなずいて、「そうだなあ。どんな仕事でも単純にうらやましがってるわけにはいかないんだろうなあ」と、大きなため息をついた。

私には彼の気持ちがよくわかるような気がした。虚名の上に乗っかって暮らしていると、人はだれでも時々むなしさを感じるものである。それでも自分の場所で働くしかないのが、人生なのかもしれない。

開カレツルニ　叩クトハ

柳宗悦

人が真実に気付くとき

柳宗悦《やなぎむねよし》が晩年に書いた『心偈《こころうた》』のひとつである。「偈《げ》」とは宗教的な歌、いわばゴスペルソングとでも言えようか。

原始仏教ではブッダの教えも、リズムをもった詩のかたちで伝えられた。

イエスの言葉「叩けよ、さらば開かれん」は、有難い言葉である、と柳は言う。感謝しても感謝しきれない真実である、と。しかし、考えてみると、叩くという私の行為が因《もと》で、開かれるという神の行為がもたらされるのだろうか。「さらば――」という言葉の挿入は、そう受けとられてしまう。

だが、神こそが一切の因だとすると、むしろ開かれているのが先で、叩くのが後だと言うべきではないだろうか、と柳は考える。

叩こうが叩くまいが、いつでも、どこでも、誰にでも扉は開かれているのだ。

親鸞に深く帰依した柳には、仏とは、みずから扉を開いて縁なき衆生を招きよせる存在であった。

しかし開いている扉を閉じていると感じて、つい叩こうとするのが人間というものだ。叩かずとも開かれているではないかと教えるのではない。東西の宗教思想について云々するのでもない。すでに開かれていると知らずして叩く人々の、その思いを受けとめるのも見えない世界の道程である。

柳宗悦の美に対する姿勢もそうだった。発見するのではない。叩いて、開かれていることに気付くのだ。

初出　『サンデー毎日』連載「ボケない名言」（二〇一五年五月～二〇二三年一月）

五木寛之 いつき・ひろゆき

一九三二（昭和七）年九月福岡県生まれ。幼少期を朝鮮半島で過ごし四七年平壌より引き揚げ。五二年早稲田大学入学。五七年中退後、編集者、作詞家、ルポライター等を経て、六六年『さらばモスクワ愚連隊』で第六回小説現代新人賞、六七年『蒼ざめた馬を見よ』で第五十六回直木賞、七六年『青春の門』筑豊編ほかで第十回吉川英治文学賞、二〇〇二年、第五十回菊池寛賞、一〇年『親鸞』で第六十四回毎日出版文化賞特別賞受賞。『大河の一滴』『他力』『林住期』『旅立つあなたへ』『私の親鸞』『一期一会の人びと』『捨てない生きかた』『折れない言葉』など著書多数。

装丁　黒岩二三［Fomalhaut］

折《お》れない言葉《ことば》 Ⅱ

第一刷　二〇二三年二月一五日
第二刷　二〇二三年三月一五日

著　者　五木《いつき》寛之《ひろゆき》
発行人　小島明日奈
発行所　毎日新聞出版
〒一〇二-〇〇七四
東京都千代田区九段南一-六-一七　千代田会館五階
営業本部　〇三-六二六五-六九四一
図書第一編集部　〇三-六二六五-六七四五

印　刷　精文堂印刷
製　本　大口製本

ISBN978-4-620-32768-6